JN330298

by Robin Schone

嵐の夜の夢

ロビン・ショーン
琴葉かいら［訳］

ライムブックス Luxury Romance

A LADY'S PLEASURE

by Robin Schone

copyright©1999 by Robin Schone
Published by arrangement with Kensington Books,
an imprint of Kensington Publishing Corp.,New York
through Tuttle-Mori Agency, Inc., Tokyo

嵐の夜の夢

主要登場人物

アビゲイル・ウィンフレッド……伯爵家の令嬢
ロバート・コーリー……陸軍大佐
トーマス夫妻……貸しコテージの管理人
アンドリュー・タイムズ……アビゲイルの婚約者
メルフォード伯爵……アビゲイルの兄
ヴィクトリア……アビゲイルの姉
エリザベス……アビゲイルの姉
メアリー……アビゲイルの姉

1

怒り。
嵐は怒りをたぎらせ、夜空を打ちすえる。
男は怒りをたぎらせ、熱い欲望の炎を燃え立たせる。
女が欲しい。
その日を生き延びる術だけでなく、人生の何たるかを知る女。
優しさと情熱を備えた女。
体も、魂までも差し出してくれる女。
そんな女がいれば、自分自身も魂を取り戻すことができるかもしれない。
男は空を見上げ、冷たい雨を呪った。体中の毛穴に雨を突き刺す風を呪った。
この左脚を射撃練習に使い、イギリスという風の吹きすさぶ寒い国で養生するはめに陥らせたボーア人（南アフリカのオランダ系移民の子孫。アフリカ南部の支配権をめぐってイギリスと対立）を呪った。このような辺鄙な土地に自分を放り出した馬を呪った。だが何よりも、暖かく快適な海辺のコテージから自分を引きずり出した、この欲求を呪った。

ロンドンの路上で生まれ育った自分のような男には、決して満たすことのできない欲求を。

名もなき死者につきまとわれる自分のような男には、決して癒すことのできない欲求を。

ぎざぎざに枝分かれした稲妻が空を貫いた。威嚇するような雷鳴が夜にとどろく。

馬を失い、雨風をしのげる場所もなくさまよう男に、嵐は死を予感させた。痛みと欲望の果ての新たな一日の幕を上げる、嵐はそんな生も予感させた。

男は前を向いた。

明かりが見えた。

欲望は極限まで高まった。私は彼女に、この先味わうことになる喜びを話し

て聞かせた。屋敷に着いたら、私が君の花を散らし、この先端でみごと膜を破ってやるのだと。「愛しのローラ」私は言い、片方の手を取って――。

ばたん。

怒り狂う雨風が黒い壁となってろうそくを消し、その瞬間までアビゲイルが全神経を集中させていた新聞に似た秘密の印刷物は、夜の闇にのみ込まれた。

暗闇の中、アビゲイルは思わず、読んでいた禁断の刊行物をかき抱いた。体の脇で必死に片手を動かし、官能雑誌の前の号を探り当てて放り出す。背後の戸棚で磁器ががちゃがちゃと音をたてた。そして、目の前には……。

暗い、外の嵐よりも暗い人影が、コテージのドアがあるはずの空間を占めていた。ほんの一瞬前には、ドアがあったはずの空間を。

肋骨の内側で心臓がびくりと跳ね、アビゲイルの意識は一瞬にして、性の喜びを知ろうとしていた架空の女性ローラから、オールドミスである現実の自分に戻った。

一部屋しかないコテージに、またも衝撃音が響きわたった。ドアが勢いよく閉まったのだ。激しい風と土砂降りの雨が締め出される。夜空が放つわずかな明かりも締め出された。

コテージの中に、アビゲイルは侵入者とともに閉じ込められた。

戸口に立ちはだかる人影の高さと幅から、侵入者が男であることは間違いない。

とても大柄な男だ。

体に残っていた欲望、そして芽生え始めた恐怖が、全身を駆けめぐった。

コテージに一人きりだというのに、ドアの鍵をかけ忘れていたのだ。

アビゲイルは弾かれたように立ち上がった。はだしの、無防備な足で。靴はどこにやっただろう？「どなた？」

大きな声が出た。突然訪れた静寂の中で、その声はあまりに大きく響いた。

堅物のオールドミスという、誰もが抱くアビゲイルのイメージにはとうていそぐわない。かといって、さっきまでなりきっていたみだらな女性にも似つかわしくなかった。

うなじの毛が逆立つのを感じながら、アビゲイルは自分と強盗、もしくは殺人者を唯一隔てている底なしの闇に目をこらした。「何をなさるおつもり？」

顔に水しぶきが飛んできた。何か巨大な動物が、身震いして体を乾かそうとしているかのようだ。

「何をするつもりだとお思いです？」ドアのあたりから、うなるような低い男の声が聞こえてきた。「とっくにおわかりでしょうが、外は嵐です。雨宿りをさせていただきたい」

厳しく非難するような侵入者の声音に、アビゲイルは驚いて息をのんだ。地元の若者ではなく、教養ある大人の男性の口調だ。

「外が嵐だということはよく存じていますけど、ミスター……」

「コーリー。ロバート・コーリー。大佐です」ぶっきらぼうな声が告げた。

アビゲイルの目の前で、暗闇に白い水滴が飛び散った。「コーリー大佐、外が嵐だということはよく存じていますけど、ここにいていただくわけにはいきませんわ。その」口に出すのがはばかられる事柄に触れようとしたせいで、頬が熱くなった。「裏に小さな小屋があります。雨宿りならそこで」

「ずぶ濡れなんです。体も冷えているし、腹も空いている。便所で一晩過ごすわけにはいきません。どちらかがけがをする前に、そのろうそくを灯しなさい」

唐突に発せられた横柄な命令は、礼を失していた。まるで、アビゲイルが兵士、それも頭の鈍い兵士で、自分の務めを果たしていないかのような口ぶりだ。

全身に衝撃が押し寄せ、それは怒りに変わった。

大佐がコテージに押し入ってきたことは、頭から吹き飛んだ。自分のような育ちのいい淑女は危険に直面すると卒倒するものであり、威厳ある男の命令には従うべきであるということも忘れた。ただ一点、ここでは誰の指図も受けなくていいのだという事実だけが頭にあった。社会の制約から遠く離れたこの海辺のコテージを借りたのは、すべてをあきらめる前の一カ月間、自由を謳歌するためなのだから……。

ブーツが木の床を踏む重々しい音が、アビゲイルの怒りに割り込んできた。大佐が二人を隔てる闇を渡ってこようとしているのだ。床を踏む音の合間に、何かを引きずるような音が聞こえる。脚が悪いのか、あるいは足元がふらついているのだろう。

軍人に酒飲みが多いのは有名な話だ。

アビゲイルはすばやく後ずさりした。椅子が床の上をすべった。

そのせいで、さっきまで座っていた椅子にぶつかった。

「ろうそくを灯しますから、そこでじっとなさっていて」暗闇に響いたアビゲイルの声は、大佐の声と同じくらい鋭かった。「けがをしていらっしゃるの？」

返事代わりに、うなり声が返ってきた。炎がぱっと燃え上がる。

アビゲイルは侵入者、もとい大佐を見つめた。今や二人を隔てるのは一部屋分の空間ではなく、傷だらけの木製テーブルだけだ。

まず目についたのが、肌の浅黒さだった。アビゲイルの知り合いの紳士たちを色白と言うなら、彼は色黒だ。

次に気になったのが、目を疑うほど長いまつげだった。マッチの先をろうそくの芯につけることに専念している大佐の頬に、ぎざぎざの影が落ちている。

光の輪が広がると、大佐の全貌が明らかになった。

真っ黒な髪から、水滴がしたたり落ちている。顔には脂肪がなく、流行のもみあげも口ひげも生やしていない。マッチを持つ手は顔と同じくらい浅黒かった。指は長くて力強く、指先は角張ってごつごつしている。

あんなに太くては一度に一本しか女性の中に入らないだろう。三つ目に頭に浮かんだのは、そんな脈絡のない考えだった。

大佐は手を振ってマッチを消すと、唐突に体を起こした。

アビゲイルは無意識のうちに、彼の動きを目で追った。

身長一七五センチのアビゲイルが、自分より背の高い男性に出会うことはほとんどないが、この男性は見上げるほどだ。錫《すず》のような色の目が、アビゲイルの視線をとらえた。

一部屋分の広さがあったはずのコテージは、一瞬にしてクローゼットほどに縮んだ。

こんなにも荒涼とした目を見たのは初めてだった。優しげなところがまったくない。それでも、揺るぎない男らしさをたたえた美しい目だった。

黒いまつげが動いた。冷たい灰色の視線が自分に注がれるのがわかる。唇に、喉に、胸に……。

そういえば、胸はコルセットにもシュミーズにも覆われていない。

アビゲイルが思わず手に力を込めた瞬間、湿って丸まった紙が指に触れた。慌てて下を向くと、いやな予感は的中した。大佐が見ていたのはアビゲイルの胸ではなく、『真珠《ザ・パール》――色と官能の書　第一二号　一八八〇年六月』だった。アビゲイルは表紙を外側に向けたまま、それを胸に抱いていたのだ。

アビゲイルは雑誌を背後に放った。

同時に、大佐は右側の壁の前に置かれた鉄製のベッドのほうを向いた。誘うように、上掛けがめくれている。

アビゲイルの背筋は警戒に張りつめた。「何をなさるおつもり？」

大佐は足を引きずりながらベッドを迂回し、足元に置かれていた三つのトランクのうち小さめのものに向かった。

血が沸き立ち、アビゲイルの顔が燃えた。かと思うと、いっきに血の気が引いた。

生まれて初めて、自分が卒倒するのではないかと思った。

アビゲイルは慌てて大佐のあとを追った。「あの、ちょっとお待ちになって

——」

手遅れだった。大佐は勢いよくトランクを開けた。

詰め込まれた大量の革と紙があらわになった。どの本にもまがうことのない題名がついている。『ベッド枠奇譚集』、『張形の話』、『黄昏物語——結婚前の淑女たちとのなまめかしい冒険譚』。そして、『ザ・パール』のほかの号。

アビゲイルの官能本コレクションは、これまで誰にも見られたことがない。この男に、この大佐に、秘密の隠れ家に土足で踏み込まれ、ひそやかな悪事を暴かれたことにアビゲイルは激昂し、恐怖や羞恥心は吹き飛んでしまった。

「ちょっと、質問したのだからお答えになって！　何をなさるおつもり？」

大佐はトランクの中身をまじまじと見たあと、顔を上げてアビゲイルと目を合わせた。

一瞬、灰色の目の奥で燃え上がった何かに、アビゲイルは胸の先端が硬くなるのを感じた。けれど、その目はすぐに熱と色を失い、目と同じく冷ややかで平坦な声が告げた。「タオルを探しています。それと、毛布を」

「それなら、そこにはありません」アビゲイルは雑誌をトランクの中に放り込み、ふたを閉めた。そして、大佐をにらみつけた。淑女なら存在を知っているはずもなく、所有するなどもってのほかの印刷物に対して、何か言えるものなら言ってみなさいとばかりに。「タオルならポンプのそばにあります。部屋の隅のストーブの近くですわ。毛布は何にお使いになるの？」

大佐の目に一瞬炎が燃えたと思ったのは、見間違いだったのだろう。彼の目は色だけでなく、質感も錫のようだった。「服がびしょ濡れなんです、ミセス……？」

「ミス」アビゲイルはためらった。この横暴な大佐にも社交界に知り合いがいて、その人が自分の家族を知っている可能性はあるのだから、名字を教えるわけにはいかない。「ミス・アビゲイルです」

「服がびしょ濡れなんです、ミス・アビゲイル。毛布は服を脱ぐとき、裸を隠すのに使いたい」

アビゲイルは目を見張った。〝脱ぐ〟と〝裸〟という言葉に、土砂降りの雨と激しい風がつかのまかき消えた。

「コーリー大佐」アビゲイルは胸を張った。「雨宿りの場所なら提供しますけど、ここで――」

灰色の目は厳しかった。「ミス・アビゲイル、あなたが何を言おうと無駄だ」

アビゲイルはかっとなり、戦闘――いや、逃避の体勢に入った。

雷鳴がとどろき、コテージが揺れた。

どこにも逃げ場はない。

しかも、このような態度をとっていては、自分のことを『ザ・パール』のローラのような魅力的な若い娘だと思い込んでいるようではないか。実際には色あせた緑のシャツウエストドレスを身にまとったオールドミスで、ほどけそうになっている薄茶色のひっつめ髪はつやを失っているというのに。

服を着ていようと素っ裸だろうと、この大佐が自分のような女性に関係を迫るはずがない。体が凍えている状態ならなおさらだし、現に彼は凍えているのだ。

したたる水滴が、ブーツのまわりに黒い輪を作っている。

「けがをしていらっしゃるの、ってきいたんですけど」

灰色の目はいっそう冷たさを増した。「いいえ」

「そう」アビゲイルはそっけなく言った。「それなら、テーブルに戻って椅子に座ることはおできになるわね。タオル……と毛布は私が持っていきます。でも、その前にストーブに火をつけて——」

「それはけっこうです」

「コーリー大佐——」

「ミス・アビゲイル、外は本格的な嵐なんです。ここの屋根はわらぶきだ。煙突が吹き飛ばされれば、ストーブがついていた場合、火事になる可能性が高い。焼け死ぬくらいなら、多少寒いほうがましです」

アビゲイルは気持ちを落ち着かせようと息を吸い込んだ。兄のメルフォード伯爵でさえ、この大佐ほど横柄な態度はとらない。

「わかりました」怒りに口を引き結び、アビゲイルはタオルをつかんだ。大佐が手早く体を拭く間、すたすたとベッドに向かい、上に掛かっていた毛布を引きはがす。

アビゲイルがテーブルに戻ったとき、大佐は髪を拭き終え、後ろになでつけて額を出していた。髪は最初に思ったほど真っ黒ではなく、こげ茶のような色をしている。水が髪の上で粒状になっていないところを見ると、同年代のロンドンの男性と違ってポマードはつけていないようだ。ポマードをつけていない男性を最後に見たのはいつのことだろう。きれいにひげが剃られ、日に焼けた肌はとても……男らしかった。

アビゲイルは毛布をテーブルに放った。

「私はベッドでお待ちします。着替えが終わったら呼んでください。服を干しますから」

むせび泣くような嵐の音も、ブーツを脱ごうとする大佐の下できしむ椅子の音や、厚板の床にブーツが落とされた音をかき消してはくれなかった。布も音をたてるのだと、アビゲイルは初めて知った。上着は荒々しく、下着は優しく誘うように、ささやきかけてくる。

体も顔と同じくらい浅黒いのだろうか？　とっさにそんな疑問が頭に浮かんだ。そのせいで体が熱くなり、アビゲイルは平静を取り戻そうとあがいた。

「もうこちらを向いても大丈夫ですよ」

大佐は毛布をトーガのように体に巻きつけ、テーブルの前に座っていた。荒涼とした灰色の目でアビゲイルの視線をとらえ、濡れた衣類の束を差し出す。

灰色の毛布から突き出た腕と肩は、顔と同じくらい浅黒かった。アビゲイルは慌てて目をそらし、濡れそぼった衣類を受け取った。

衣類は雨と湿ったウール、そして正体不明の匂いがした。ぴりりとした匂い。麝香《じゃこう》のような。紛れもなく男の匂いだ。

アビゲイルはしゃがみ、泥のこびりついたブーツをつかんだ。おかげで、猫の視点から、幅狭の大きな足を目にするはめになった。足首は形がよく、がっしりしている。

足首も浅黒かった。そして、細く黒い毛に覆われている。

男性のここまでの……裸を見るのは初めてだった。

頬を染め、アビゲイルは立ち上がった。

灰色の目が待ち構えていた。

「ミス・アビゲイル、これからはカーテンを引くようにしたほうがいい。無料ののぞき見ショーの誘惑に抗える男はそういませんからね。それに、ドアには錠をしておきなさい。あなたの覚悟以上のことを要求する輩もいるから」

　本当はそういう目で見られたがっているんだろうと言われた気がして、アビゲイルの怒りは一瞬、沸点を超えそうになった。けれど、無意識のうちにそれを望んでいたのかもしれないと思うと、今度は恥辱感がこみ上げてきた。この侵入者に、淑女にはまるでふさわしくない秘密の欲望を見透かされたようで、敵意が湧き起こる。

「コーリー大佐、私がこのコテージに来て一週間が経ちますけど、これまで〝のぞき見〟の誘惑に抗えなかったのは、あなた一人だけです。それに、入ってこられたのはご自分なのに、私がドアに錠をしていなかったことを非難なさるなんて、どういう了見――」

　ガラスが割れる音に、荒ぶっていたアビゲイルの感情は弾け飛んだ。

　アビゲイルは振り向き、あっけにとられた顔で、ベッドのそばの窓から木の枝が外に戻っていくさまを見つめた。枝でぎざぎざに割れた穴から、雨と風が入り込んでくる。

　ろうそくの炎は消えそうになったかと思うと燃え上がり、光と影がでたらめに躍った。

「動くんじゃない！」大佐の命令が拳銃の弾のように飛んできた。「床には割れたガラスが散らばっている。何かで窓をふさがないと……戸棚がいい。ブーツをよこして、ろうそくを消すんだ」

アビゲイルは歯ぎしりした。大佐は命令をしすぎだ。

アビゲイルは大佐のほうを向き、狙いを定めてブーツを放った。

浅黒い足先が、ブーツに当たる直前で丸まった。

「コーリー大佐、あなたは暗闇で戸棚を動かすのがお得意なのかしら？」アビゲイルは慇懃《いんぎん》にたずねた。

「そんなはずがないでしょう、ミス・アビゲイル」アビゲイルを見上げた灰色の目は険しかった。「あなたが顔を赤らめないよう気を使っただけだ」

大佐は立ち上がり、毛布を落とした。

アビゲイルは唯一自分たちを隔てている濡れた衣類の束を放り出し、急いでろうそくを消した。

コテージは渦巻く暗闇にのみ込まれた。そのとき、何かがアビゲイルの腰に当たった。

アビゲイルはとっさに手を出し、彼の体のどこかをつかんだ。

それは熱く、硬く、むき出しになっていた。形は太いポンプの柄のようで、斜めに突き出し、絹のようにつるつるした皮膚をまとっている。その奥で、血管が脈打っていて……。

アビゲイルはさっと手を引っ込めた。「コーリー大佐……驚かさないで」

「ミス・アビゲイル」暗闇に響く声は、割れた窓から鋭く吹き込む風よりも冷たかった。「えたいの知れないものをやみくもにつかむものじゃない。そのうち驚く程度ではすまなくなる。ゆっくりベッドに向かって、そこで待っていなさい。またあなたを驚かせやしないかと心配する余裕はないのでね」

アビゲイルは一歩も引かなかった。「ご冗談でしょう、コーリー大佐。ここは私のコテージです。あなたの手助けくらいできますわ」

「では率直に言いましょう、ミス・アビゲイル。私が本当に心配しているのは、あなたを驚かせることじゃなく、あなたに驚かされることだ。頭を使いなさい。あなたは靴を履いていない。割れた窓と足のけがの両方の面倒を見るなど、私はまっぴらだ」

アビゲイルは憤怒のあまり言葉を失い、暗闇の中で目を見張った。

わざと彼の体をつかんだのでないことくらい、大佐もわかっているはずだ。最初に当たってきたのは向こうなのだから！

なのに、どうして頭を使えなどと言えるのだろう。しかも、体のことを口にするなんて！　紳士は淑女の足のことなど話題にしないものだ。

「わかりましたわ、コーリー大佐」

アビゲイルは割れた窓の前を大きく迂回し、慎重にベッドに向かった。

腰を下ろすと、重みでマットレスが沈んだ。冷たい厚板の床にはだしの足を揃えて置きながら、大佐はどこで一晩過ごすつもりなのだろうと考える。男性と一緒に眠るのはどんな感じなのだろう？　裸の男性と。温かな肉体に包まれながら。

木と木がこすれ合う音で、不必要な考え事は中断された。大佐の押す戸棚が床の上を少しずつ、重たげに動いていく。コテージに吹き込む強風の甲高い音は、低いうめき声程度に収まった。

「よし。これで大丈夫」

突然頭の上に手がのったかと思うと、それは耳に、頬に下りてきた。手は冷たく、わずかに雨に濡れている。柔らかな肌をこすり、胸に……。

全身がかっと熱くなった。「いったい何を……」

大佐の手を押しのけようと手を伸ばすと、強くつかまれた。

硬い、ごつごつした指に。

アビゲイルの手に、無理やり何かが握らされた。ページの角を折った紙束だ。

「これが戸棚の上にありました」

放り出した『ザ・パール』の前号は、風に乗ってそこに運ばれたようだ。

アビゲイルは背筋をぴんと伸ばしたまま言った。「ありがとうございます、コーリー大佐」

大佐は手を離した。「どういたしまして、ミス・アビゲイル」

熱が暗闇の冷たさを追い散らしている。アビゲイルの顔のすぐそばに、大佐の体があるのだ。

毛布は巻き直したのだろうか？　『ザ・パール』の中でもとりわけ興味深い一場面が目の前にちらつく。

このまま身を乗り出したら、唇に当たるのはウールか、それとも……。

「大丈夫ですか？」唐突に大佐がたずねた。

「ありがとう、何の問題もありませんわ」アビゲイルはぐいと顔を上げ、自分は気でも違ったのだろうかと思った。「そちらは？」

マットレスの端が沈んだ。「私は老いぼれ兵士だ。戸棚を動かすくらい、危険でも何でもありませんよ」

アビゲイルは濡れた雑誌を丸めた。大佐は老いぼれとはほど遠い。もちろん、本人もよくわかっているはずだ。髪には一本の白髪も見当たらなかった。「ご冗談でしょう？」

「事実を言ったまでです」どさりと何かが落ちる音に、アビゲイルは跳び上がった。ブーツが床に落とされたのだ。続いて、もう片方も落とされる。そして、ベッド全体が揺れた。目には見えなかったが、大佐がマットレスの奥に座り直し、壁にもたれたのが感じられた。「私は三五歳です。この二二年間、陸軍で過ごしてきました。あなたはこんなところに一人きりで何をしているんです？」

アビゲイルは怒りを引っ込めるつもりはなかった。「そちらこそ、何をしていらっしゃるのですか？」

つかのま沈黙が流れた。「養生です」

アビゲイルは大佐が座っているはずの方向に顔を向けた。だが、見えるのは暗闇だけだ。「この近くに、ほかにコテージがあるのですか？」

「いいえ、近くにはありません」

アビゲイルは背筋を伸ばし、しばらく外の暴風雨の音に耳を傾けた。「二二年前、あなたはまだ一三歳だったはずです。非戦闘員として入隊できるのは一五歳からでしょう」

「そのとおり」暗闇にそっけない声が響いた。「嘘をつきました」

嘘をついた？　二二年前？　それとも今？

「養生というのは、何の？」

再び沈黙が流れたあと、面倒くさそうに答えが返ってきた。「銃傷です」

アビゲイルは大佐が足を引きずっていたことを思い出した。そして、細く黒い毛に覆われた形のよいがっしりした足首を。「左脚ですね」

「ええ」

戦況なら新聞で読んでいた。「ボーア人に撃たれたのですか？」

「そうです」

この海辺のコテージは、いちばん近い街道からも何キロも離れている。辺鄙な場所だからこそ、アビゲイルはここを選んだのだ。「それだけでは、あなたがここにいる理由にはなりませんわ」

今度の沈黙は長かった。アビゲイルは手の中で丸めた雑誌のひんやりと湿った感触に意識を集中し、ベッドの端、大佐が脚を伸ばしている場所から放たれるどきどきするほどの熱については考えないようにした。

「馬に振り落とされたんです。しばらく歩いたが、雨風をしのげる場所は見つからなかった。そのとき、あなたのコテージの明かりが見えて……ここにいるわけです」

「でも、どうして嵐の中、出かけたりしたんです？」

「どうして官能雑誌を読むんです？」

アビゲイルはこんなものをわざわざ読んでいる言い訳を考えた。見識が広がるから。面白いから。あなたには関係ないでしょう。ところが、口から出てきたのは驚くほど率直な答えだった。「女性が性について知ることのできる唯一の手段ですから」

まるで近くに雷が落ちたかのように、暗闇に電流が走った。

「私の勘違いかもしれませんが」大佐の声はかすれていた。「女性が好奇心を満たすには、ほかにも方法があると思うのですが」

「好奇心を満たしたいと思えるような男性には、一度もお会いしたことがありませんの」アビゲイルはぴしゃりと言った。

コテージの外では、嵐が勢いを増していた。風が戸棚のまわりでうなり声をあげる。下の浜辺に波が打ちつける。上空で雷鳴がとどろいた。

アビゲイルは命の危険が迫っているのを感じた。この風では、わらぶき屋根が吹き飛ばされてもおかしくない。ふくれ上がった波が海を越え、ちっぽけなこのコテージをのみ込むかもしれない。稲妻が……。

「女が欲しかった」

思いがけない言葉に、アビゲイルは一瞬にして我に返った。「何ですって？」

「この嵐の中、私が何をしていたのかという質問の答えです。私は馬に乗って村を探していた。酒場でもいい。自らを差し出してくれる女性を見つけたかった」

唐突な告白だった。

夜、自分に馬を駆らせることになった欲求を、コーリー大佐は嫌悪しているのだ。淑女に男性と同じ特権を与えてくれない社会のしきたりを、アビゲイルが嫌悪しているように。

紳士が淑女に打ち明けるべきでないこのような話を聞けば、ショックを受けるのがふつうなのかもしれない。けれど、アビゲイルは心に巣くっていた敵意が引いていくのを感じた。代わりに、奇妙な仲間意識が芽生えてくる。

この男性は官能本の詰まったトランクを見ても、アビゲイルを批判するようなことは言わなかった。その彼が自らの欲求をあらわにした今、それを批判するのは偽善の極みだ。

「コーリー大佐、あなたが羨ましいですわ。私がもし男性なら、同じように馬に乗ってお相手を探していたでしょうね」

「ミス・アビゲイル、私が馬で探していたのは〝お相手〟などではありません」

「あなたが何を探していたのかは、よくわかっていますわ」

「本当に？」暗闇から聞こえる声は不気味なほど淡々としていた。「一瞬の忘却のために、これまで信じてきたすべてを投げ出してもいいと思えるほど熱く体がうずく感覚が、あなたにわかるというのですか？」

アビゲイルは目を閉じ、自分のように育ちのいい女性には一生かなわない望みをはねつけた。今の自分のごときオールドミスには、決して手に入らないものを。「ええ、コーリー大佐。わかります」

ベッドがきしんだ。「ミス・アビゲイル、あなたは空想をしますか？」

まぶたの裏で、不意に映像が躍った。むき出しになった男の欲望が女の体を満たしている禁断の場面。体験したことのない行為の様子。目にしたことのない事象。本で読んだことすらない事柄。

三週間以内に、何とかして忘れなければならない切望。

「ええ」アビゲイルは目を開け、暗闇を見すえた。「空想はします」

「聞かせてほしい」唐突にそう命じた声はかすれていた。

「私……」長年ひそかに夢見てきたことを、見知らぬ他人であるこの男性に話すことができるだろうか？　けれど、暗闇のおかげで自分の正体が隠されている感覚があった。独り言を言っているような……あるいは、空想の世界にいるような。

「キスというのはどんな感じなのかと想像します。家族や友達と交わす軽いキスではありません。本物の……私が読む本の中で交わされるようなキスです。その……舌を使う」勇気がくじける前に、アビゲイルは勢い込んで言った。

「男女は本当に、あんなふうにキスをするのですか？」

「そういうときもあります。ミス・アビゲイル、ほかには何を空想するんです？」

アビゲイルは雑誌を左手に持ち替え、マットレスの上で横に動いて鉄製の頭板にもたれた。右足の裏がウールに――そして、がっしりした脚に当たる。

ふくらはぎがさっと熱を帯びた。

アビゲイルはスカートの中で爪先を曲げた。「私……男性がどんな感じかを想像します。その……幼い甥っ子たちがいるので……おむつを替えたことはあるんです。それは……別に、どうということはありませんわ。でも、本によると、大人の男性は……もっと大きいと。そこが。現実の男性も、本に書かれているくらい大きいのですか？」

息をのむ音が聞こえたが、大佐だったのだろうか？　もしかすると、アビゲイル自身だったのかもしれない。というのも、このとき突然、さっき暗闇の中でつかんだもの、つるつるしていて、血管が脈打っていたものの正体がはっきりとわかったのだ。

それなら、確かにとても大きかった。

「大きい男もいれば、小さい男もいます」暗闇から聞こえる声はさらに低くなった。「胸の大きい女性と小さい女性がいるのと同じです。それはあなたにとって大事なことなのですか？」

「ええ」アビゲイルは穏やかに答えながら考えた。一瞬自分の胸に触れたとき、大佐はどう思っただろう？　そもそも何かしら感想を抱いたのだろうか？　彼のサイズはどの程度なのだろう？　ほかの男性もあのくらいの大きさがあるのだろうか？　そして、そんな自分に照れて笑った。男性の体について話しているのが気恥ずかしくもあり、妙に楽しくもあった。「というより、男性が女性を満足させられるなら、それでいいと思うのです。でも、本当にそんなことができるのかしら？　コーリー大佐、男性は女性を満足させられるものなのですか？」

「ミス・アビゲイル、あなたはそれを疑っておられると？」

「ええ、もちろんですわ、コーリー大佐。ポマードで髪をなでつけ、頬ひげを生やした義兄たちを見るたびに、まさかと思うんです。あの人たちが舌を使ってキスをしたり、女性の胸を触ったり、女性の脚の間に口づけしたりするところを想像しようとしても、正直なところ無理なんです。義兄たちが、本に書いてあるようなことをしているとはとても思えなくて。子供を作っていることさえ信じられない。だって、お尻がぶよぶよなんですよ。ぶよぶよのお尻が上下に動いているところが、どうしても想像できないんです」

〃ぶよぶよのお尻が上下に動いている〃という言葉が、外で荒れ狂う嵐の音をかき消すように響いた。

アビゲイルは自分の口から出た言葉に凍りつき、右手で口をふさいだ。そのとき、ベッドの反対端から大きな笑い声が聞こえた。マットレスが揺れ、震えた。

「私の話を楽しんでいただけたようで嬉しいですわ、コーリー大佐」アビゲイルは硬い口調で言った。

男らしい笑い声はやがて収まった。「急に、こんな会話を交わしていること自体がおかしくなってきましてね。あなたはふつうなら口にもできないような空想を話しているのに、いまだに私のことを〝コーリー大佐〟と呼んでいる。私のほうも同じくらい不届きなことを言っているのに、あなたを〝ミス・アビゲイル〟と呼んでいる。ここらで休戦しませんか？　嵐が続く間は、〝アビゲイル〟と〝ロバート〟の仲になりましょう」

ばかげた考えであることはわかっていたが、アビゲイルにとってこの侵入者を名前で呼ぶことは、〝ふつうなら口にもできないような〟空想を話すよりも、ずっと親密なことに思えた。一人の男性ではなく〝大佐〟でいる限り、彼はこの嵐の一部にすぎないし、自分も内容こそ不埒《ふらち》ではあるが、無害な会話を楽しんでいるオールドミスの淑女でいられる。けれど、その境界を越えてしまえば……。

「わかりました」アビゲイルは深く息を吸い込み、突然激しく打ち始めた鼓動をなだめた。「私は自分の空想を話しているけど、あなたのほうはまだだわ。どんな空想をするの……ロバート？」

「女性のことだよ、アビゲイル。女性に対してこんなことをしたい、あんなことをしたいと想像するんだ」

アビゲイルは息が止まりそうになった。日に焼けた彼の手が、色白の女性の体を愛撫するさまが思い浮かぶ。もしその手が自分の体に触れたら、どんな感じがするのだろう？

太ももの間に、とろりとした欲望がたまっていく。

「その……大きさはどうなの？　女性の胸の大きさは想像なさるの？」

「いや」

そっけない返事に、次の質問をするのはためらわれた。けれど、慇懃な決まり文句以外で性について話してくれるのは、彼が初めての男性――いや、初めての人物で、アビゲイルには知りたいことがまだまだあった。

三週間後にロンドンに戻ったとき、この記憶だけでもあれば、孤独な夜のなぐさめになる。

「そう。では、あなたはどんなことを……女性にするの?」アビゲイルは気軽な、むしろ軽薄とも呼べる口調でたずねたが、肋骨の中では心臓が暴れていた。

「あらゆることだ」暗闇から発せられる声は低くてかすれていた。「相手が夢見てきたことは何でもする。自分の体を、相手の体に突き立てたい。自分が相手の中で我を失い、相手の喜びが自分の喜びになるまで。叫び声をあげさせ、もっと欲しいとせがませたい。私が二二年間の人生を殺しに費やしてきたことを、忘れさせてほしいんだ」

アビゲイルは肺を握りつぶされたような気がした。

戦争には死がつきものだ。新聞は死者の記録であふれている。アビゲイルは記事を読み、犠牲者たちを悼むが、生き残ったほうの者たち、女王陛下の名の下に戦い続ける兵士たちに思いを馳せたことはなかった。人を殺すために生まれてきたわけではないのに、そうせざるをえない男たち。自分の行動に、一生苦しむことになる男たち。

この横柄な大佐が苦しんでいるように。

長い間、アビゲイルはひんやりと湿った雑誌を左手で握りしめたまま、ベッドの足元のほうにいる男性から放たれるむき出しの欲求をひしひしと感じていた。

兵士として、彼は死に直面してきた。アビゲイルが今までに感じた危険といえば、秘密が暴かれること、官能本が誰かに見つかることだけだ。男として、彼は肉体的な痛みに耐えてきた。アビゲイルがこれまでに味わった痛みといえば、孤独と、孤独ではないふりをすることだけだ。それでも、アビゲイルは大佐の欲望を、まるで己のもののようにはっきりと感じた。彼は嵐の真っ只中に忘却を求めるしかなく、自分は満たされない心を禁断の書籍と雑誌のページに封印するしかない。

この男性の腕の中で、未来を忘れるというのはどんな感じだろう？　彼が女性の腕の中で、過去を忘れようとするように。

私だって女だ。湧き起こる無謀な欲望に包まれながら、アビゲイルは思った。

暗闇の中では、自分が年を取りつつあるオールドミスだとは思えなかった。体も老いているようには感じられない。

突然、はるか遠くから声が聞こえた。その声も、うずく胸も、脈打つ太ももの間も、自分のものだとは思えなかった。若いころのような欲望は超越しているはずのオールドミスの自分、年齢にかかわらず欲望を覚えることすら許されない淑女の自分のものだとは。「ロバート、私が忘れさせてあげる。その代わり、あなたも私に忘れさせてほしいの」

2

「君は処女だろう」かすれた声には感情が感じられなかった。

暗闇の中でアビゲイルは顔を真っ赤にした。「ええ」

「それに、淑女だ」

淑女はアビゲイルのような行動はとらない――提案もしない。「違うわ」

「アビゲイル、君は何を忘れたいんだ？」

「三週間後に三〇歳になること」

そして、若さの痕跡が永遠に失われること。

「三〇歳になったからといって世界が終わるわけではない。三週間後、君の内面は今夜から一つも変わっていないことに気づくはずだ」

アビゲイルは寒々とした未来に思いを馳せた。「それが怖いの」

「私は一年以上、女性を抱いていない」

アビゲイルの心臓がどくんと音をたてた。信じられないことに、ロバートはアビゲイルの申し出を受け入れようとしているらしい。「優しくしてくだされればそれでいいわ」

「もしできなければ？」

「私はただ純潔を失うだけ」アビゲイルは内心の思いを押し隠し、さばさばと言った。

そして、眠れない夜と永遠に満たされない心の向こうに何があるのか、ついに知ることができる。

「性行為はきれいなものではない」ぶっきらぼうな声が告げた。「汚いし、音も出るし、汗もかく。痛みが喜びになることも、喜びが痛みになることもある。いったん始めれば、途中でやめることはできない。それに、君が泣いてせがむようになるまで、やめるつもりもない」

混じりけのない欲望が、矢のようにアビゲイルの腹に突き刺さった。次に、恐怖が押し寄せてきた。そのあと、燃えるような希望が湧き起こった。この人なら言葉どおり、私を礼節の枠の外に連れ出し、体が泣いて求めるものを見せてくれるはず、と。

アビゲイルは丸まった雑誌を握りしめた。「やめてほしいなんて絶対に思わないわ」

「なぜだ？」ロバートは吠えるように言った。

突然声に加わった暴力的な響きに、アビゲイルは跳び上がった。おかげで、まるで脈絡のない妙な答えを返してしまった。「なぜって、あなたは髪にポマードをつけていないもの。それに、女性が淫靡な気分になるといけないから、豊かな曲線を描くピアノの脚は布で覆うべきだ、なんて考えの持ち主とも思えないし」

ロバートがぎょっとしたのがわかった。アビゲイルは血管に血液が送り込まれ、胸の中で心臓が飛び跳ねるのを感じた。

欲望が充満する暗闇を、大きな笑い声が切り裂いた。アビゲイルの下でベッドが揺れ、振動する。

アビゲイルは急に、何が何でもその笑い声を止めたくなった。

「服を脱いだほうがいいかしら？」ぶっきらぼうにたずねる。

とたんに笑い声はやんだ。ばたばたと体を動かす気配があり、マットレスが沈み、ベッドがきしんだ。バランスを取ろうと伸ばしたアビゲイルの右手に、引き締まった熱い肉体が触れた。硬い毛に覆われている。筋肉が骨を覆い、玉のような小さな乳首が……。

アビゲイルが手を引っ込めた瞬間、指の長い手に腰をつかまれた。ぴくりとも動かずにいると、その手はウエストから腹へと這い上がっていった。胸に触れられた瞬間、心臓がどきんと音をたてた。首をつかまれ、暗闇の中であごが上を向かされる。

「私は君の処女を奪い、胸に触れ、脚の間に口づけするとして……アビゲイル、君は私に何をしてくれる？」

「何をしてほしいの？」あからさまな表現と、毛布に包まれていないロバートの体がそばにあるという事実に、アビゲイルは頭が朦朧としてきた。

「あらゆることだ。何もかもを私に与えてほしい。体も。欲求も。空想も。君のすべてを」

アビゲイルが息を吸うと、焼けつくようなロバートの息が入ってきた。唇がとろりとした熱いベルベットの中に吸い込まれ、舌が潜り込んできて、アビゲイルの一つ目の空想は現実となった。

わかったのは、ディープキスというのは、小説や空想の中の淡々とした行為とは似ても似つかないものだということだった。

相手がこのうえなく魅惑的な女であるかのように、男が女のあごに手をかけ、口いっぱいに舌をうごめかせるとき、女の頬にかかる男の息が信じられないほど親密であることなど、本には書かれていなかった。

空想には味がついていなかった。

けれど、ロバートには味がある。ブランデーの味だ。そして、男の味。熱く濡れた欲望の味。

アビゲイルの手から雑誌がすべり落ちるのと同時に、ロバートの舌がアビゲイルの口からすべり出た。

「アビゲイル、私は君の空想の男になりたい」頬を彼の指がくすぐった。「嵐が続く間は、君がその男にするあらゆることを私にもしてほしい」

アビゲイルは息が止まりそうになった。

この人は、私の申し出を受け入れようとしてくれている。ロバートの欲望はあまりに激しく、それを鎮める相手が三〇歳のオールドミスでも構わないのだろう。

アビゲイルは肩をいからせた。

彼が自分を受け入れてくれる理由など、どうでもいいではないか。

私はこの人に空想の男性になってもらいたい。

この人に現実を忘れさせてあげたい。

私にも忘れさせてほしい……そして一晩だけ、さっきのキスで彼が感じさせてくれたような女になってみたい。美しい女。魅惑的な女。若くて、希望に満ちた女。

アビゲイルは思うようにならない人生に抗うように、つんとあごを上げてみせた。「私の空想の男性は、服を脱がせてくれるわ」

「アビゲイル、この旅に出発する前によく考えたほうがいい。いったん足を踏み出せば、引き返すことはできないんだから」

アビゲイルは息を吸い、かすかにブランデーが香る、ロバートの息の匂いを吸い込んだ。そして、ぴりりとした麝香――彼の体の匂いを。

血の通わない空想ではなく、感触を伴う現実を。

「ロバート、引き返すつもりはないわ」

マットレスが沈み、跳ね戻って、アビゲイルは一人ベッドに取り残された。そして、突然床に立たされたかと思うと、体全体が熱に包まれ、指が一心にドレスの前に並んだボタンを外していった。

アビゲイルは目に見えない手を、自分の二倍の大きさはありそうな手をつかんだ。「でもロバート、あなたも自分で言ったことは守ってほしいの」

手の下で、指の動きが止まった。

「私に泣いてせがませてちょうだい」

アビゲイルの体が燃え上がる炎に包まれた。自分の大胆さに対する気恥ずかしさ、そして、目の前の男から放たれる、焼き尽くさんばかりの情欲の波が押し寄せてくる。

ロバートの手が、アビゲイルの手の中からすべり落ちた。ごつごつした手のひらに頬が包まれ、上を向かされる。

「自分で言ったことは守る」ブランデーの香りの息が、アビゲイルの唇をくすぐった。「でも、これだけは覚えておいてくれ。嵐が続く限り、君の体も、欲求も、空想も、君のすべてが私のものだ。アビゲイル、君にはその覚悟をしてもらいたい」

アビゲイルは心臓が止まりそうになった。「契約成立よ、ロバート」

暗闇から聞こえた声は最後通告の響きを帯びていた。「では、服を脱がせるよ」

ドレスのボタンが一つずつ外れるたびに、冷たい風が肌をくすぐった。寒々とした夜気は一瞬にして熱に変わった。硬く熱い手がドレスの中に忍び込み、色あせた綿生地が胸からはがされる。

「コルセットはつけてないんだな」

ロバートの呼吸は、アビゲイルの呼吸と同じくらい乱れていた。

「ええ」コルセットは人里離れたこのコテージに着いてすぐ、シュミーズとペティコートとともにトランクの中に押し込んでいた。

ドレスが肩をすべって腕から外れ、温かな肌を冷たい空気にさらしながら足元に塊となって落ちた。硬く熱い手が腰に置かれ、体がそっと前に引き寄せられる。同じくらい熱くて硬い体の一部が、アビゲイルの腹に押し当てられた。

「君はいつも絹のドロワーズをはいているのか？」

アビゲイルはおずおずと両手を上げ、ロバートの肩をつかんだ。ほかのすべての部分と同じく、肩の筋肉は硬く熱かった。「ええ。肌触りが好きなの」

「私もだ」右耳の中で聞こえたのは、かすれたささやき声だった。すばやく指が動き、ドロワーズの後ろの切れ目に入り込む。素肌に触れられ、アビゲイルはひざの力が抜けるのを感じた。「ここは柔らかいな」

尻の上部を執拗に愛撫され、アビゲイルは思わずロバートの手の中で体をそらした。

「それから、ここは……」ロバートはじらすようにほんの少し、割れ目の奥に指を這わせた。「これまでは女性の体をよく知る機会がなかった。だがアビゲイル、今夜は君の体をじっくり見せてもらう。嵐がやむころには、肌の感触を隅々まで知り尽くしているはずだ」

思いがけない侵入に、アビゲイルは身をこわばらせた。柔らかな部分に、熱くがさがさしたロバートの指先が触れたのだ。アビゲイルは意を決し、筋肉に覆われたなめらかな背中を両手でなぞり下ろし、毛でざらついた尻を探り当てた。柔らかな自分の尻と比べてそれは硬く、自分のふくらんだ尻と違ってへこんでいた。

背骨が尻の割れ目に合流するあたりで、アビゲイルは手をさまよわせた。

「ロバート、嵐がやむころには、私もあなたの体の感触を隅々まで知り尽くしているつもりよ」そう言うと、軽くロバートの体をまさぐった。

アビゲイルの腹のあたりで脈打つものがぴくりと跳ね、手の下で筋肉がこわばった。

「女性に私の体を知ってもらいたいとは思わない」

今さら引き下がるわけにはいかなかった。「でも、私はあなたの体を知りたいの」

「アビゲイル、男の尻を愛撫するのも君のお気に入りの空想なのか？」暗闇から聞こえた声は辛辣だった。

「ロバート、あなたはどうなの？」アビゲイルはぴしゃりと返した。「断言してもいいが、男の尻を愛撫する空想をしたことは一度もない」

一瞬遅れて、ロバートが照れ隠しに冗談を言っているのだとわかった。アビゲイルは勇気が湧くのを感じた。ロバートも自分と同じくらい、この種の親密さには不慣れなのだ。そして、同じくらい不安を抱いている。

アビゲイルは彼の背骨の根元の肌の柔らかなV字をさすり続けた。「では、兵士が戦いの最中に考えるのは、女性のお尻を愛撫することなの？」

ロバートの全身がこわばった。不穏な緊張があたりに満ちる。「戦いの最中は疲れきっているか怯えきっているかで、考え事などできない。兵士が何かを考えるのは、戦いの前か、死にかけているときだ」

アビゲイルははっとして唇をかんだ。ロバートの声ににじむ冷たい敵意に。その奥に潜む痛みに。「戦いの前……あなたは何を考えるの？」

ごつごつした指先が背中のくぼみを軽やかに駆け上がったあと、さっきよりほんの少しだけ深く尻の割れ目に這い下りた。額に硬く重いものが押しつけられ、ロバートの額だとわかる。

「部下を生き延びさせる方法を考える。アビゲイル、今後も人を殺すのかときかれれば、そのとおりだと私は答えるよ」

「戦争なんだから仕方ないわ、ロバート」アビゲイルは強い口調で言った。

「それに、今はそのことは忘れるんでしょう?」

甘美なる官能の指は突然消え、絹のドロワーズが尻から引き下ろされた。いつのまにか平ひもがほどかれていたのだ。ロバートが一歩下がり、アビゲイルは暗闇と冷たい空気に包まれた。「じゃあ、忘れさせてくれ、アビゲイル。空想の男は、君の服を脱がしたあと何をするんだ?」

不安と欲望がせめぎ合い、小さな声がせっぱつまったように、引き返すべきだと告げた。年を取りすぎている、胸が小さすぎる、ぽっちゃりしすぎている。ロバートが私に魅力を感じない理由なら無数にある。アビゲイルは腕を体の両脇に下ろし、肩をいからせた。「胸を触るの」

胸の先端に熱いものが触れた。倒れてしまわないよう、アビゲイルはひざに力を入れた。

「硬くなってる」容赦ない摩擦は、愛撫のようでもあり、挑発のようでもあった。「ここから乳が出てくるんだな。先っぽにあるしわの寄った小さなくぼみ……ここだ。空想の男は、君の乳首を吸うのか？」

想像をかき立てる言葉に、アビゲイルは太ももの間の部分が勝手にひくりと締まるのを感じた。「あなたは空想の中で女性の乳首を吸うの？」

「ああ。私は空想の中で、女性がクリームをしたたらせるまで乳首を吸うよ。アビゲイル、私に栄養を与えてくれ」

左の乳首を執拗にこすっていた指は突然、熱く濡れた貪欲な口に代わった。

アビゲイルは一瞬、ショックに凍りついた。やがて、強く吸われることの衝撃に全身が収縮し、息が止まりそうになった。

アビゲイルの手はひとりでに上がり、つやつやとした豊かな濡れ髪に潜り込んだ。その動きに応えるように、ロバートは左手でアビゲイルの尻をつかみ、右の手のひらを腹に押しつけた。唇で吸われるたびに収縮する子宮のリズミカルな動きを、その手で確かめようとしているかのようだ。

実際、ロバートには伝わっている。アビゲイルは飢えたように胸に吸いつく彼の頭を手で包みながら、これまで誰にも感じたことのない近しさを感じていた。

本当に乳首から乳がしたたるのではないかと思ったとき、真っ暗な情熱の世界がぐらりと傾いた。アビゲイルはロバートに抱き上げられ、右胸が彼の体に押しつぶされたかと思うと、ベッドの上に横たわっていた。頭は柔らかい枕に埋もれ、冷たいキルトの糸の結び目が背中を刺している。

「アビゲイル、クリームが」硬くて熱い指が太ももの間をまさぐった。「クリームがしたたっているよ。君は空想するとき、指を中に入れるのか？」

アビゲイルの体を電流が走った。「そんなはずないでしょう！」

「約束しただろう」ゆっくりと優しく、ロバートは両脚の間のひだを探っていった。慎みを捨てさせ、抵抗を取り除くように。「私はみだらな想像はすべて知りたいし、あらゆるところを触りたいんだ」

アビゲイルはぐっと平静を保った。

あらゆること、とロバートは言った。そして自分も同意したのだ。だが、ロバートは主導権を握ろうとしているし、それでいいのかどうかはわからなかった。確かに空想では男性が主導権を握っていたが、これは空想ではない。

自分は濡れていて、すべてをさらけ出している。あとはただ……楽しむしかない。

そして、記憶に刻むのだ。

「いいえ」そっと息を吸い、アビゲイルは同じ答えを返した。「そういうことはしないわ」

「空想の男は？」

「するわ」

ええ、もちろん……。

「その男は、君の中に何本指を入れる？」

アビゲイルは目を閉じ、空想などではない黒い人影を締め出した。「三本よ。あなたも女性の中に指を入れることを空想するの？」

「ああ」ロバートが指で繰り返し円を描くと、アビゲイルの体の入り口は湿り気を増し、熱を帯びていった。

湿った音が、断続的に聞こえる嵐の音に混じる。いや、この不規則な音は、嵐ではなく自分の呼吸音だろうか？「空想では、指は何本入れるの？」

「五本だ。空想の中で、私はこぶしごと中に入れる」

アビゲイルの目がぱちりと開いた。ろうそくの光の輪の中で見た、ロバートの指の長さを思い出す。手でつかんだときに感じられた、彼の手の大きさを。

「それは……実際には無理でしょうね」

「おそらく。相手が処女ならまず無理だろう。一人か二人子供を産んだことのある女性なら、あるいは……。君のここはとても狭い」指が押し当てられる感覚に、アビゲイルは思わず体をよじった。「じっとして。これではとても耐えられそうにない……。アビゲイル、指を入れるよ」

燃えるように熱い指が根元まで入った。荒れ狂う雨と風に向かって、アビゲイルはあえいだ。

生々しい侵入だった。ロバートの体がアビゲイルの体の一部になろうとしている。

本や空想に欠けていたのは、実体だった。

ベッドの足元のほうが沈んだ。反射的にアビゲイルが両脚を上げると、入り口はさらに広がり、指はさらに奥深くに沈んだ。火が燃え上がり、腹を焦がす。

「教えてくれ。男の指が中に入っているのはどんな感じだ？」

アビゲイルは頭をそらして、体に刻み込まれた感覚に集中し、目の前に立ちふさがる黒い人影のことは考えないようにした。「あなたの指は……熱いわ。それに、がさがさしている。火がついたみたい。体が開いた感じよ。広がっているわ」

「まだじゅうぶんには広がっていないよ。空想の男に指を入れられたときも、そんな感じがしたか？」

「いいえ」

いいえ、大違い……。

男の指が自分の中に入っているという現実は空想とは似ても似つかなかった。現実とは、熱と冷気と骨と筋肉であり、背中に当たるキルトの糸の結び目であり、自分の中に入っている指の関節なのだ。

「アビゲイル、もう一本入れるよ」

指が一本から二本になると、空想とは違う熱い充足感は、痛みを伴う侵入に変わった。「やめて――」

「じっとして。体の力を抜くんだ。君は処女なんだから、ある程度の痛みがあるのは当然だ。痛みはそのうち消える。快感に変わるから」

アビゲイルは動かないよう努めた。不安で無防備で、耐えられないほど自分が広がっている気がする。これは空想ではないのだ。それでも……それでも、押し入ってくる指のまわりで脈打ち、うずく体は、痛みの向こうに確かに存在する快感を予感させた。だけど……。

「ロバート、私の空想の男性は、もっと手が小さかったと思うの」

羽根のように軽い口づけが、太ももの頂を覆う湿った毛を乱した。「私の手は、君の空想の男とまったく同じ大きさだと思うよ。指が二本、自分の中に入っているのはどんな気分だ?」

「その……攻め込まれた感じ」

「現実に攻め込まれているんだ。空想の男に二本指を入れられたときはどう感じた?」

「もっと……入れてほしいと思ったわ」

熱い息が下半身をそよがせた。「もっと入れてあげるよ、アビゲイル」

電流に打たれたように、アビゲイルはあることに思い当たり、脚の間の熱く不快な感覚が吹き飛んだ。あんなふうに顔を近づけていれば、ロバートには匂いがわかるはず……。

「今から君の脚の間に口づけをするよ。それから、指を三本にする」

アビゲイルは息をのみ、三本も入るはずがないと言おうとした。そのとき、ロバートの口が吸いつき、抗議どころではなくなった。最も親密な口づけをする彼の唇と舌は、さっきディープキスをしたときと同じくらい熱かった。

アビゲイルはつやつやした豊かな濡れ髪を両手でつかみ、一〇歳のころ逃げていくポニーのたてがみにしがみついたときのように、ロバートにしがみついた。

田舎の土地をまっしぐらに駆けるのは恐ろしく、鞍の上で荒々しく尻が跳ねるのも不快だった。けれど、まわりの世界の色がぼやけ、頬を風に打たれる感覚は胸躍るものでもあった。

今、世界はぼやけた黒色になり、これほどの熱も、何かに向かって容赦なく駆り立てられる感覚も、アビゲイルには初めての経験だった。体の外側ではロバートの舌が円を描いている。内側では圧迫感が増し、刺すような、今にも弾けそうな衝撃が加わって、彼が指を一本足したのがわかったが、急にそんなことは気にならなくなった。息もつけないほどすばやい動きで、ロバートの舌が刺激を与えているせいだ。やがて、自分で息をつかずとも、体が息をつくように勝手に浮き上がり、三本の指を信じられないほど深くにうずめたまま、きれいな弓なりになった。

生々しく燃えるような快感に、アビゲイルの体はやみくもに痙攣し、肺が激しく動いて、胸が盛り上がった。

「アビゲイル、今はどんな感じだ？」今も濡れて脈打ち、腫れ上がったままの下の唇に、燃えるような息がかかった。奥深くにうずめられた指がうごめく。

アビゲイルは息が止まりそうになった。熱い血液が頬から下に向かい、ロバートの指が優しくかき回している部分から上に向かう。二つの血流は腹の真ん中で出合ったあと、全身に放たれた。小刻みな収縮に自然と中が広がり、体は大きく開いた。

とろりとした欲望の痕跡が中から流れ出た。「今は」アビゲイルは深く息を吸い、ロバートの髪から手を離して、しっかり体を支えるためにキルトをつかんだ。「三本の指が自分の中に入っている感じよ」

「抜いてもいいか？」

「だめ、お願い」

「空想の男は次に何をする？」

「私の中に入るの」

くっきりとした静寂と闇が訪れた。ロバートは指を柔らかに震わせ続けている。

「私……準備は整ったと思うの」

「準備が整った程度ではだめだ」低く震える声が告げた。「君を完全に開け放ちたい。ぐっしょり濡れて、私が中に入ったら、君が私を止める術は何もないようにしておきたい。今から始める。私が指を抜いたら……こんなふうに……できるだけ強く引き締めてくれ」

ずるりと小さな音をたてて、ロバートの指が抜けていく。アビゲイルはごつごつした長い指をまずは逃さないように、次に締めつけるように力を入れたが、本数が多すぎる……。

「力を抜いて、アビゲイル。指三本なら、さっきも入っただろう……ほら、指先だけ……よし、広げて」温かな唇にひざをついばまれ、その思いがけない愛撫に、アビゲイルの体はひとりでに開き、三本の指を第一関節、第二関節、ついには根元までのみ込んでいった。「ほら、もう一度引き締めて……力を抜いて、広げて。私は君の空想の男だ。抵抗しないで、大きく開くんだ。私はこれよりもずっと大きい……そうだ。引き締めて……力を抜いて。リズムが大事なんだ。ダンスのようなものだ。アビゲイル、君を開いていくよ。私が中で溺れるくらい、濡れさせてやる」

溺れそうなのはアビゲイルのほうだった。ぐっしょり濡れ、いっぱいに広がったまま、ロバートの指示に従って引き締め、さらに開いていく。

男と女の行為は恐ろしいほど親密だった。空想よりも、小説よりもずっといい。中がかき回される熱い感覚と、耳をくすぐるロバートのかすれ声に、アビゲイルは潔癖なヴィクトリア朝の社会を離れ、ずっと夢見てきた禁断の官能世界に入り込んでいった。

自分を駆り立て、押し開き、その一部となっていくロバートの指を、頭をそらして受け止める。指の動きは速く、強く、深くなり、やがてアビゲイルは息ができなくなって……。

「アビゲイル、空想の男は、どうやって君を奪うんだ？」

ロバートの声が荒々しく割り込んできた。アビゲイルは爪をキルトに食い込ませ、何とか声を発した。「私……私を仰向けにして奪うの」

「私の指はまだ痛いか？」

「いいえ」アビゲイルは腰を浮かし、ロバートをさらに深く受け入れた。

「アビゲイル、どうしてほしいんだ？」

喜びに我を失い、アビゲイルは答えた。「もっとして！」

とたんに指は抜け、アビゲイルの頭の両脇で枕が沈んだ。毛に覆われた硬い脚に太ももが押し広げられ、さっきまで指があった脚の間にロバート自身が触れる。切り株のように大きく、火かき棒のように熱いものが、どくどくと脈打っていた。

「こんなふうにか？」上から野獣のような声が聞こえた。「アビゲイル、空想の男はこうやって君を奪うのか？　自分が中に入れるよう、脚で君を開いて？」

「そうよ」ロバートの肩をつかむと、汗で濡れているのがわかった。手のひらの下で筋肉が波打っている。これは空想ではなく、現実なのだ。アビゲイルは飢えたように彼の背中に手を這わせて、女性にはない筋肉の感触を確かめ、小さく引き締まった尻に爪を立てた。これから続く空っぽの年月に、ロバートの記憶を焼きつけるために。その間中、彼の男の部分はアビゲイルの女の部分の上で脈打ち、震えていた。アビゲイルは自らを完全に開け放ち、準備万端だった。何もかもがあまりに速く進んでいく。「ロバート、あなたはとっても大きいわ」アビゲイルはあえいだ。「そうなんでしょう？　ほかの男性と比べて」

湿った息がアビゲイルの頬を、唇をくすぐった。ごつごつした指先が、ひっつめ髪からほつれてもつれ合う濡れた髪をなでつける。その指はアビゲイルの肌の上で震え、純潔を失うのはアビゲイルではなくロバートのように思えた。やがて彼の右手が二人の体の間をすべり下りた。「アビゲイル、それは君が判断してくれ」

何の前触れもなく、アビゲイルの息はロバートの口にのみ込まれ、舌が潜り込んできた。下のほうでもロバートは中に分け入ってきたが、確かにそれは大きく、三本の指よりもずっと太い。彼が自らの手で準備を整えたとろりと熱い場所を突き進んできても、アビゲイルにそれを止める術はなかった。ロバートは深く深くすべり込み、アビゲイルを大きく大きく押し広げ、やがてそれ以上先には進めず、これ以上は広がらないはずのところにたどり着いても、さらに押し進んだ。アビゲイルが想像もしていなかったことだ。

まるで、魂に触れられたかのようだ。

アビゲイルは唇を引きはがした。「性行為は汚いとあなたは言ったわ」

「あれは嘘だ」

一瞬、のしかかるロバートの体重に圧倒され、アビゲイルは背中をそらした。

「ロバート……」

とたんに、二人の間にあった手がすべり出て、アビゲイルの尻の下に移動した。ロバートは弓なりになった背中の中心に手を置き、アビゲイルを支えた。

「何だ?」

目の奥に涙がこみ上げてきた。「何でもないの。ただ……すごく……満たされている感じがして」

ささやくようにそっと、唇がアビゲイルの口をかすめた。もう一度。そしてもう一度。さらにもう一度。「確かに、君は満たされているよ。アビゲイル、力を抜いて。両脚を私のウエストに巻きつけるんだ」

アビゲイルは言われたとおりにしようとした。努力はした。けれど、脚を動かすたびにロバートは深く深く入り込んできて、中にいる彼は柵の横木よりも太く感じられ……。

「ロバート、女性の脚はもともとこんな――」

ロバートはアビゲイルの唇をついばんだ。「でもアビゲイル、君はただの女じゃない。嵐が続く間は、私の女なんだ」

とたんにアビゲイルの両脚はロバートの腰にがっちりと巻きつき、二人の体は一つになった。

「アビゲイル、そのまま体を開いていてくれ」

アビゲイルは何とか息をついた。「ロバート、私には選択の余地はないみたいよ」

額の上で、彼が一瞬笑ったのが感じられた。その後、鼻の先に一瞬だけキスが降ってきた。「じゃあ、君がいくところを見せてくれ」

「でも、あなたはまだ約束を守ってくれていないわ」

ロバートは動きを止めた。「何のことだ？」

「私に泣いてせがませてくれないと」

突然、アビゲイルをベッドに押しつけている体が動いた。アビゲイルを極限まで満たしていた太い竿が引き抜かれて、根元が持ち上がり、腫れ上がった下の唇の間にこすりつけられる。角度がついたことで、アビゲイルの中が耐えがたいほどに広がると、彼はゆっくりと中に戻り、再び引き下がっては、さらに強く突き立てた。前後にこする動きで充血した頂のつぼみをなぶり、苛んでいるうち、急に……。

不快感は跡形もなく消え去り、生々しい熱が生まれた。

「ロバート、お願い！」アビゲイルはロバートの背中に爪を立てた。

「アビゲイル、お願いって何をだ？　教えてくれ」

アビゲイルはじれったさに歯を食いしばった。

「やめないで、ロバート、お願いだからやめないで！」

「アビゲイル、もっと自分を開け放つんだ。もっとせがめ。泣いてお願いしろ。私が人を殺したことを忘れさせてくれ。もっと与えてくれ。もっと欲しいと言ってくれ……ほら、今、今だ！」

怒り。痛み。欲望。

恐怖を感じていても不思議はなかった。自分の中にいるのが、自分に服従を命じる大佐なのか、忘却を願う恋人なのか、任務のために人を殺す兵士なのか、アビゲイルにはわからなかった。ロバート自身もその瞬間、己が何者なのかわかっていなかっただろう。だが突然、黒い激情の嵐は上下する圧迫感に打ち砕かれ、アビゲイルはロバートの名前を叫んだ。確かに男性は女性に喜びを与えられるのだと証明された瞬間だった。

〝ロバート！〟という声が夜に響く。

アビゲイルが正気を取り戻したのと同時に、ロバートは自分の腰をアビゲイルの腰にすりつけた。まるで、アビゲイルの一部になろうとするかのごとく。

あるいは、自分の過去をその体の中にうずめようとするかのごとく。すぐに焼けつくような液体がほとばしり、ロバートの喉から押し殺した悲鳴がもれた。アビゲイルの本にも、男性の射精のことは書かれていた。けれど、それが女性の体を満たす感覚については何の説明もなかった。

空想の男性は汗をしたたらせることもなければ、情交のあと女性の体の上にぐったりと倒れ込み、耳の中に息を吹きかけながら、風の中に満足のうめきを響かせることもない。

空想の男性は孤独感を拭い去ってもくれなければ、喜びを与えてくれることもない。

アビゲイルは汗に濡れた背筋をなで下ろした。「ありがとう、ロバート」

3

ロバートは陸軍に入る前、ロビーと呼ばれていた。陸軍に入ると、コーリーになった。コーリー兵卒、コーリー伍長、コーリー軍曹、コーリー中尉、コーリー大尉、コーリー殿。他人のために人を殺して生きていくうちに、コーリー大佐になった。たまに戦場の外で売春婦と過ごすとき、あるいは戦場で従軍の売春婦と接するときも、名前は名乗らなかった。アビゲイル以外に、洗礼名で自分を呼んだ者はいない。

喜びの頂点に駆け上がったとき、名前を呼んでくれた女性はいなかった。胸の下で、張りつめた小さな乳房が盛り上がった。消耗した自分自身のまわりで、小さなさざ波が今も続いている。アビゲイルの喜びの証。

彼女は淑女だ。口調や物腰からそれは間違いない。

自ら処女を捧げてくれた、二九歳のオールドミス。

ロバートの痛みと情欲を受け入れ、自分の体という贈り物を与えてくれた。

この女性がいなければ、この嵐を生き延びることはできなかっただろう。

今すぐ起き上がって夜が明けるまで便所で過ごしたほうがいいことはよくわかっていたが、それと同じくらい、自分がアビゲイルに約束を守らせることもわかっていた。嵐がやむころには、彼女について知らないことは何もなくなっているのだ。

良家の出身であることを隠している理由、官能本だけをお供に人里離れたコテージに引きこもっている理由も、聞き出すつもりだ。

ロバートはそろそろと片ひじをつき、アビゲイルにかかる自分の体重を取り除いて、彼女の耳に唇を押し当てた。

ほろ苦い喜びの波が全身に押し寄せる。

何と無垢なものなのだろう、女性の耳というのは。

ロバートは突然その耳のことを知りたくなった。隅々まで味わって、自分の一部にしたい。

アビゲイルを自分の一部にしたい。

形のいい耳だ。外側はいかにも冷たく繊細そうで、アビゲイル自身のようだ。内側を探るべく、ロバートは熱く狭い通路に舌先を差し入れた。

アビゲイルの中のさざ波が高まった。

ロバートは片ひじに体重を移して、右手でアビゲイルの脇腹をなぞり下ろし、彼女とキルトの間に潜り込んで柔らかな尻をつかんだ。その拍子に、ロバート自身が彼女の中に深く入り込む。「痛かったか?」

「少し」夜に響く声はかすれ、堅苦しくとげのあった口調は情欲にやわらいでいる。「指を入れられたときのほうが、その……別のところが入ってきたときよりも痛かった気がするわ」

「そうか」ロバートはアビゲイルの唇を探り当てた。腫れ上がった唇。唇を押し当てたとたん柔らかくなる敏感な唇。自分だけが口づけをしたことのある唇。

舌と自分自身の両方で、ゆっくりと彼女の中に円を描く。

「空想の男は、君を奪ったあとどうするんだ?」

「私に……身を任せてくれるわ」

驚いたことに、ロバートは再び硬くなるのを感じた。わざとアビゲイルの中で動かしてみせる。「身を任せるって、どうやって?」

アビゲイルはかすかに息をのんだ。短く切られた爪が、ロバートの背中に半月形の跡を刻む。「私に触らせてくれるの。口づけも。味わわせてもくれる。あなたが私にしてくれたのとまったく同じよ」

売春婦はロバートに口づけをし、口に含んでくれるが、すべて金のためだ。純粋な快楽のためにそれを望む女性には出会ったことがない。

ロバートはアビゲイルからそっと体を離し、仰向けに寝転がった。

アビゲイルのような女性に対する心構えはできていなかった。空想の中の女性はロバートの情欲と体を受け入れ、彼女自身の喜びを示すだけだったからだ。自分が女性にするように、こちらの体を探ろうとはしてこない。

マットレスが沈んだ。冷たい指がためらいがちにロバートの腹に置かれ、胸を這い上がってくる。「男性のここは感じるのかしら……」アビゲイルは何かを探すように胸の上で手を動かし、ロバートの乳首を探り当てると、とたんに興味を示した。「私より小さいのね」

ロバートは暗闇を見上げた。「男だからな」

「でも、私と同じくらい硬いわ。私は乳首を触られると、子宮の奥深くが反応するの。あなたはここを触られるとどんな感じがする？」

アビゲイルは親指の腹で乳首をこすった。もう一度。そしてもう一度。さらにもう一度。

白熱の炎が下腹部を直撃した。ロバートはアビゲイルの手をつかみ、開いて胸の上にのせ、彼女の体の、自分の体の、性の匂いを吸い込んだ。

どうしてアビゲイルのような女性が、清潔で無垢な情欲に満ちたこの女性が、自分のような男を、人を殺し、これからも殺すと打ち明けた男を受け入れてくれるのだろう？

「ロバート、空想の女性は、あなたの乳首を吸うの？」

「アビゲイル、私が女性に求めるのは、自分の身を任せてくれることだけだ」

ロバートの声は淡々と、よそよそしく響いた。「空想の中で、私が女性に身を任せることはない」

「でも、任せてくれるんでしょう?」

今夜、初めて。ロバートは心の中でそっけなくつぶやいた。

「アビゲイル、君の空想に従うよ。したいようにしてくれ」

「ではロバート、あなたの乳首を吸わせて」

熱く濡れた口が、胸を覆うざらついた毛をかき分けて乳首を探す感触に、ロバートの胸は盛り上がった。どういうわけか、途方に暮れるほど無防備な気分になる。

女性が男性に胸を差し出すのは、自分の優しさが相手の糧になればと思ってのことだ。

人殺しの男は誰の糧にもなれない。

人殺しの男が淑女に与えられるものなど何もない。

ロバートは目を閉じ、アビゲイルの頭を両手でつかんだ。

そして、世間に堅物のオールドミスであることを示すかのように、彼女の髪が今も不格好にひっつめられていることに気づいた。二人とも内側に同じ欲求と欲望を燃やしているというのに、アビゲイルは女としての自分を否定する社会にとらわれ、ロバートはあまりに若く無知だったころに選んだ職業にとらわれている。

ロバートはヘアピンを探り当て、引き抜いた。

胸を包み込んでいた温かな湿り気は突然、冷たい空気に変わった。アビゲイルの片手が上がり、次のピンを探していたロバートの手をつかむ。

「何をしているの？」

「君のベールを外している」

急にアビゲイルが体を起こしたせいで、マットレスが沈み、ベッドがきしんだ。彼女はうろたえて息を切らしている。

「どうかしたか？」ロバートはかすれ声で言った。

「髪がもつれたのよ」

嘘はわかるものだ。

暴くべき秘密、克服すべき障害がまた一つ増えた。

「髪は明日とかしてあげるよ。脚を大きく開いて」

アビゲイルはぎこちなく脚を開いた。体がベッドの足元の方向に沈み、ロバートはアビゲイルの奥深くに指を沈めた。

彼女の内側の筋肉が小さく震えた。「ロバート」

「何だ?」

「本当に窓からのぞいたの?」

「ノックしても、君はドアを開けてくれなかったから」

アビゲイルが身をこわばらせたので、中にある指は自然と締めつけられた。

「読書をしていたの」

ロバートは窓から見えたアビゲイルのおごそかな表情を思い出し、いったいどんな性行為の場面を読んでいたのだろうと思った。「見ればわかったよ」

「私が何を読んでいると思った?」

「宗教文学かな」

アビゲイルの次の質問を察し、ロバートは待った。

質問は発せられなかったが、ロバートは想定していた答えを返した。「アビゲイル、私が君を抱いたのは、みだらな女性だと思ったからじゃない。君が必要だったからだ」

アビゲイルの声はますますかすれた。「ロバート」

「何だ？」

「こっちに来て」

「どうして？」

「キスしたいから」

まばたきもせずに人を殺せる男の心臓が、どきんと音をたてた。ロバートは身を乗り出したが、アビゲイルにも身を乗り出させ、彼女の体が指に吸いつくようにした。

最初、アビゲイルの唇は狙いを外した。冷たい手が伸びてきてあごに触れ、唇が重ねられる。

汚れのないキス。

ファーストキス。

ロバートはアビゲイルに唇を探らせながら、彼女の体内で自分の指が生み出す無数の細かな収縮を感じていた。やがて、指を覆っている部分と同じように熱く濡れたものに、唇が浸された。

アビゲイルは上達が早かった。唇の合わせ目が舌先でなぞられる。ロバートはすぐに唇を開いて彼女を迎え入れ、自分も彼女の中に舌を入れた。

けれど、ロバートはその先を求めていた。

もっと嵐を。

もっとアビゲイルを。

彼女の舌をさらに自分の奥深くに取り込み、陰核や乳首にしたのと同じように吸っていると、指のまわりの細かな震えはついに一つの大きな収縮となり、アビゲイルはロバートに唇をふさがれたまま上りつめた。

ロバートはそっと彼女の舌を放した。そして、髪から残りのヘアピンを抜き取った。ピンは厚板の床に、撃針のようにばらばらと降り注いだ。もうないかと注意深く探したが見つからなかったので、彼女の髪に両手を差し入れてほぐしていった。やがて髪は背中の上で奔放に、自由に広がり、生きた絹のカーテンのようになった。

股間がまた少し大きくなったのがわかった。

「横になって」

「どうして？」

「君の上に乗りたいから」

「中に入りたいんじゃなくて？」

「それはあとだ」ロバートは唇をゆがめた。お上品でしとやかな自分だけの淑女は、どこまでも負けん気が強いらしい。「まずは君をきれいにしたい」

「ロバート、体なら自分で洗えるわ」

「それでは約束が違うよ、アビゲイル。君はあらゆることをさせてくれると言ったはずだ」

ロバートはアビゲイルを抱え上げて横たえるという単純な方法で、その言い合いを終わらせた。戦場での小戦闘もこれほど簡単に決着がつけばいいのにと、もの悲しく思う。

「あなたが私を洗うなら、私もあなたを洗わせてもらうわ」脅すようないかめしい声は、警告のつもりらしい。

ロバートはにんまりした。次の瞬間、肺をくしゃりと押しつぶされた感覚に襲われた。

体を洗われるなど、子供のころ以来だ。初めて人を殺し、一夜にして大人になったあの日から、一生分の時間が流れた気がする。「ではそうしてくれ、アビゲイル」

バケツは流しの下にあった。ロバートはポンプに呼び水を差した。使い古しの金属の中に、冷たい水がほとばしり出る。さらに二度、ポンプの取っ手を動かしたあと、流しの脇の棚から布巾を取った。

バケツをベッドのそばの床に置いてから、布巾を水に浸して絞り、ベッドの端に腰を下ろす。手の中で布巾を温めた。「アビゲイル、空想の男はこういうことはしないのか？」

「空想の中では、あとで体を洗う必要はないの」アビゲイルは辛辣に答えた。

暗闇の中で、ロバートは思わず笑みをもらした。

アビゲイルといる数時間のほうが、この二二年間を合計したよりも多く笑みを浮かべ、笑い声をあげている。

本当なら、この二つはそぐわないはずだ——笑いと情欲。だがそれを言うなら、自分のような男とアビゲイルのような淑女も、とてもお似合いとは言えない。

けれど、実際にはしっくりきている。

二人の結びつきを、今さら慎みなどという概念にじゃまさせるつもりはない。じっとしたまま奉仕を受け入れるアビゲイルは、ロバートが彼女の体に触れることを楽しむのと同じくらい、体に触れられることを楽しんでいるようだった。ロバートは粗末な濡れ布巾を通して、広くなめらかな額を、ほっそりとした鼻を、丸みを帯びたあごを感じ、その顔を記憶に焼きつけた。彼女を感じるだけでなく目でも見られるようにろうそくを灯しておかなかったのが、唯一の後悔だ。

目は茶色だった、と不意に思い出す。ロバートにトランクを開けられ、官能本を暴かれたとき、その目は怒りに見開かれた。ロバートのむき出しの情欲に気づいたとき、その目は琥珀色の炎を上げた。

アビゲイルは首をのけぞらせた。首は華奢で、エジプトに駐留していたときに見たエジプト人の胸像のように長くほっそりとしている。右の乳房を手のひらですっぽり覆うと、先端が硬くなっているのがわかった。ゆっくり、ごくゆっくりと腹を、ロバートが胸に吸いついていたとき、手のひらの下でさざ波を立てていた柔らかな丘を布巾でなぞり下ろしていくと、水とは違うものでぬるりと湿った部分に行き着いた。

ロバートは一心に、自分が彼女の体に起こした変化を探った。胸を突くほどの信頼感をもって、アビゲイルは体を預けてくれた。

ロバートが侵入した部分は腫れ上がり、入り口が広がっていたため、指の一本、二本までは簡単に入ったが、布巾と一緒では三本目はなかなか入らなかった。二人の情欲の証を、ロバートは優しく拭き取った。

布巾で太ももをなぞり下ろし、そこについた粘り気を拭ったあとは、迷わず脚の間の神秘の地に引き返した。

アビゲイルの熱さと柔らかさに溺れながら、毛でしわの寄った部分も、ふっくらとしたなめらかな部分も、ゆっくり徹底的に清めていく。体の背面に達すると、柔らかな割れ目の頂を探り当て、布巾で何度も細かく円を描きながら、下に下ろしていった。

布巾が手からもぎ取られる。

ロバートの筋肉が張りつめた。「アビゲイル、あらゆることをさせてくれると言っただろう」

「ロバート、あなたは私の空想に従うとも言ったわ」マットレスが沈んだかと思うと、ベッドは空になった。「横になって」

ロバートはまたも笑みがこぼれるのを感じた。アビゲイルはロバートの正体を知りながら、ふつうの男に、戦争の恐怖を体験したことのない男に対するのと同じように、命令を下している。ロバートは横になった。

アビゲイルは念入りに布巾をゆすいだ。

今、彼女は何を考えているのだろう？　私にされた行為のことか？　これから私にしようとしている行為のこと？　それとも、私がコテージに押し入る前に読んでいた本の内容？

望みながらも実行には移していない、官能的な行為。

空想の中で恋人がしてくれる行為。

官能小説ではなく戦争に身を浸していた自分には、思いもつかない性行為。

いずれ……嵐がやむまでの間に、自分もその行為を成し遂げるのだ。

突然布巾が顔に押し当てられ、冷たさと、その下にあるアビゲイルの指のぬくもりが伝わってきた。過去の怒りと絶望が体から抜け出ていくのを感じ、皮膚の下には、まだ無垢な若者だったかつての自分が存在している気がした。

「キスしてくれ」きしんだ声が暗闇の中に響いた。

「空想の女性に、あなたがすることを教えてくれたらね」

ロバートは目の前にちらつく黒い人影を見上げた。真実に思い至り、目を閉じる。

アビゲイルこそが、自分の空想の女性なのだ。

「キスをする」

「こんなふうに?」ロバートをくすぐった唇は、今や自信と巧みさを増していた。アビゲイルは自分の唇でロバートの唇を優しくこすった。唇が今にも火を噴きそうになるまで。それから、彼女はロバートの唇を注意深く味わい、舌で口角に円を描き、唇の合わせ目をなぞった。口を開いてロバートの口を覆い、少しずつ技を磨きながら、軽く吸って二人の唇を吸着させてから、舌で舌に触れ、口の中を探っていく。口蓋に触れられたとき、ロバートは股間に刺すような欲望を感じ、鋭く息を吸い込んだ。次に、舌の裏側が探られた。アビゲイルは熱い息でほのかに頬をくすぐりつつ、ロバートの額に落ちた髪を後ろになでつけた。

女性の舌が、これほどまでに男性の防御を突き崩すものだとは知らなかった。ロバートは温かなカーテンのような彼女の髪の中でこぶしを固め、キスの主導権を奪った。

ところが、絡めた舌を彼女の口に押し戻しても、アビゲイルは前にロバートがしたのと同じように舌を吸ってきたので、ついにロバートはうめき声をもらした。

「ロバート、ほかには？」アビゲイルの熱い吐息が唇をくすぐった。「ほかには何を空想するの？」

血まみれの顔が、目の前にいくつも浮かび上がった。自分が殺した男たち。自分が死の任務に送った男たち。戦火に巻かれた罪のない女性たち、子供たち。答えを口にする前に、冷たい濡れ布巾が首から胸へと這い下りていった。

このあと待ち受けている展開に気づき、ロバートはうめいた。そして、それこそが自分の空想だったのだと気づいた。自覚すらしていなかった空想だったと。

「さっき、私の質問に答えてくれなかったわね」硬くなった乳首のまわりを布巾で何度もなぞりながら、アビゲイルは言った。「男性のここは、女性と同じように感じるの?」

「ああ」ロバートはうなった。

「よかった」冷たい布巾の感触が消えた。取って代わったのは、焼けつくような唇の感触だった。

アビゲイルの唇と舌の刺激が、下腹部にまで伝わるのがわかる。ああ、こんなふうに感じたのは初めてだ。男の体がこれほどの快感を覚えることができるなんて知らなかった。

乳首から唇が離れると、ロバートはアビゲイルの後頭部をつかんだ。「やめないでくれ」

「女性は男性に乳首を吸われるだけで絶頂に達することがあると、本で読んだわ。男性も女性に吸われただけで絶頂に達すると思う?」

考えただけで、ロバートは上りつめそうになった。「わからない」アビゲイルの次の動きに備え、ロバートは歯を食いしばった。だが、実際にはまったく備えきれていないことがわかった。

さっき果ててから、まだ三〇分も経っていないというのに。

硬くなるだけでも不思議なのに、今にも達しそうになるなど論外だ。

アビゲイルは温まってきた布巾で、張りつめた男性自身をなぞり、両の玉を包み込んだ。

「アビゲイル……」

警告のうなり声は無視された。

アビゲイルがためらっていたことも、ある時点で心を決めたことも、手に取るようにわかった。布巾はさらに這い下り、会陰部に押しつけられた。下腹部にさらさらした温かな髪が落ちてきたかと思うと、アビゲイルの口が慎ましげに男の部分を含んだ。

熱いものが体内を駆け抜ける。

羞恥。

自分を制することができないことへの。

畏れ。

アビゲイルが自分をここまでの状態にしたことへの。

「まずい。アビゲイル！」ロバートはうめき、体を横によじった。

アビゲイルが吸いつき、奥深くまでくわえ込んだ瞬間、ロバートは彼女の口の中で弾けた。

再び息ができるようになると、ロバートは手を伸ばしてアビゲイルの頭をなでた。彼女をそばで感じたい。彼女を抱きしめたい。彼女に抱かれたい。「こっちに来て」

アビゲイルは体を起こした。「私……ちゃんとできていたかしら？」

彼女は震えていた。欲望に？　嫌悪に？

「アビゲイル、あれほどちゃんとできる人はほかにいないよ。君は楽しめたか？」ロバートは注意深くたずねた。

「ええ、ありがとう。男性はどんな味がするんだろうって、ずっと思っていたの」

「で、どんな味がした？」

突然顔のまわりに髪がはらりとこぼれた時点で、気づくべきだった。だが、不意を突かれた。

「自分で確かめてみて」

ロバートは一瞬ショックに凍りつき、アビゲイルに口をふさがれ、舌を入れられるがままになった。舌にはロバートの精がたっぷりついていた。

ロバートはやみくもにアビゲイルの上腕をつかみ、体を押し戻した。「おいっ」

「前にもああいうことをしたことはある？」

ロバートは彼女の髪に両手を差し入れた。「何をだ？　自分の味を確かめることか？　あるはずがないだろう」

「違うわ。そうじゃなくて……。今夜より前に、女性の脚の間に口づけをしたことはあるの？」

指にまとわりつくアビゲイルの髪は、蝶の羽のように柔らかい。ロバートはためらってから答えた。「いや」

「どうして？」

「売春婦というのはあまり清潔な人種じゃないから」

「空想の女性にはしたことがある？」

ロバートはアビゲイルを抱き上げ、自分の腹の上に横向きに座らせた。

アビゲイルはきゃっと声をあげた。

撃たれた子供はこういう声をあげる。女性があげることもある。男性も。

ロバートはアビゲイルの右脚をつかんで持ち上げ、自分の腰をまたがせるようにした。

彼女は両手でロバートの胸をたたいた。「何をしているの？」

ロバートは両手を上げ、彼女の乳房を包んだ。「当ててごらん」

「でも……またできるの？」

「たぶん。もしできなくても、別の方法で君を満足させる」

アビゲイルの乳首は硬く張りつめていた。親指と人差し指でつまんで転がしていると、彼女は体をよじり、両手でロバートの手を押さえつけた。

信じられないことに、誘うように柔らかなアビゲイルの尻の下で、ロバートは自分の体がうごめくのを感じた。

「ロバート。ロバート。そこじゃないわ。ほかのところを触って」

ロバートは乳首を転がし続けた。アビゲイルを極限まで追いつめるために。自分を極限まで追いつめるために。死の闇に永久に別れを告げるために。「どこだい、アビゲイル？」

「ロバート、わかっているでしょう」

「でも、君の口から聞きたい。言葉は知っているはずだ」

「ロバート――」

「言ってくれるまで、乳首をいじるのをやめないよ」

「私が触ってほしいのは……ほしいのは……私の真珠よ！」

アビゲイルの尻の下でそれがうごめいていることに、疑問の余地はなかった。アビゲイルもその現象に気づいた。彼女はロバートの手を乳首から引きはがそうとするのをやめ、背後に手を伸ばしてその部分をつかんだ。

自らの意思でそれを持ち上げる。ぎゅっと握ったまま下の唇に導き、みだらな欲望を込めて熱く濡れた口づけへと誘《いざな》った。自分自身でロバートを刺激するために。あるいは、ロバートで自分自身を刺激するために。

「いい？」アビゲイルはあえぎながら言った。

アビゲイルの導きで自分自身が彼女の入り口を通過し、吸いつくようにふくらんだ唇の頂に触れるのがわかると、ロバートもあえぎ声をあげた。アビゲイルの硬いつぼみが、それが脈打つさまが感じられる。彼女は男の冠をそこにこすりつけ、何度も円を描いたあと、再びすべり下ろして入り口を刺激した。もう一度。さらにもう一度。四度目の道中、ロバートは腰が動くのを抑えられなくなった。

あと少しでアビゲイルは満足するはずだ。ロバートは急に、彼女が一人で絶頂に達するのが許せなくなった。

次にアビゲイルが男の冠をすべり下ろし、濡れた入り口に押し当てようとしたとき、ロバートは手を伸ばした。左手で自分自身をしっかり握り、右手でアビゲイルの右の太ももを大きく開かせると、彼女の体は自然と下に沈んだ。

今度はアビゲイルがあえぎ声をあげた。

「力を抜いて。痛いか？」

立てた。

ロバートはアビゲイルの太ももをさらに開かせ、さらに深く彼女の中に突き

「少し」

アビゲイルの内側の筋肉は固く締まり、ロバートを押し出そうとしてくる。

ロバートは彼女の体をしっかりとつかんだ。

自分を拒否させてたまるものか。

「アビゲイル、入り口を広げて。いったん中に入ったら、これ以上は痛くしないから。体を開いて。力を抜くんだ」アビゲイルの体の中に収まると、ロバートは彼女の左の太ももに右手を置いた。両手を使って少しずつ、容赦なく太ももを押し開いていくうち、彼女に選択の余地はなくなり……。「受け入れてくれ。アビゲイル、私のすべてを」

アビゲイルは受け入れてくれた。

彼女に痛い思いをさせているのはわかっていた。その痛みを取り除くにはどうすればいいのかも。

張りつめたアビゲイルの太ももの筋肉を軽くさする。「力を抜いて、愛しい

人。力を抜くんだ、アビゲイル」アビゲイルの筋肉が柔らかくなると、ロバートは左手を上げ、彼女の乳首をこすった。右手も上げ、陰核に触れる。

〝真珠〟とアビゲイルは呼んだ。

『真珠《ザ・パール》』から来ているのは間違いない。

ふくれ上がったつぼみの下で、濡れて脈打つ張りつめた輪が、彼女自身がロバートを包み込んでいる。

男性を受け入れるために広がった女性の皮膚がこんなにも薄いものだとは……男と女の結びつきがこんなにもろいものだとは、これまで考えたこともなかった。

親指の腹で陰核のまわりをなぞると、アビゲイルの体に震えが走った。必要なことはすべて、彼女の内側の筋肉が教えてくれた。その導きに従って力を、速さを調整していくと、あるとき張りつめた肉体の輪から完全に力が抜けた。次の瞬間、それは痛いほど強くロバートを締めつけた。

アビゲイルは悲鳴をあげた。

ロバートも悲鳴をあげた。

けれど、腰は動かさなかった。これ以上の痛みは与えない、ただ喜びだけを与えると約束した以上、それは守るつもりだった。

アビゲイルが息をつく間もなく、ロバートは腫れ上がったつぼみをこすり続けた。彼女が再び絶頂に達し、内側の筋肉がロバートを締めつけるまで。

彼女の快感を利用して、自分も頂点に上りつめるのだ。アビゲイルが六度目の絶頂を迎えたとき、目的は果たされた。彼女の中でロバートが反り返ったのと同時に、アビゲイルが、温かな髪と濡れた肉体が、体の上に倒れ込んできた。

自分でも驚くほどの力を振り絞り、ロバートは体の下から上掛けを引き抜いてアビゲイルの体を包んだ。

アビゲイルをきつく腕に抱き、彼女の中に心地よく体をうずめたまま、明日の晩も嵐が続くことを祈った。

4

興奮を煽る太鼓のように、雨音は途切れることがなかった。雨は壁に、天井に降り注ぎ、生々しい熱を放つ棒がアビゲイルの体に打ち込まれていく。

もっと楽な体勢をとろうと、アビゲイルは身動きした。枕は毛に覆われているかのようにちくちくし、ベッドは骨のように硬い。

棒を打ち込まれる感覚は強まった。それに伴い、下半身の中の生々しい熱もせり上がってくる。

アビゲイルはぱちりと目を開けた。

目の前に、硬く黒い毛が広がっていた。毛に覆われているのはとても広い裸の胸だ。

ぎょっとして叫びたくなるのをこらえ、アビゲイルは顔を上げた。

目を疑うほど濃くて長い、黒いまつげに縁取られた、錫色の目に視線がぶつかった。

自分を極限まで満たしているものの正体に気づいて、アビゲイルは全身の筋肉をこわばらせた。

自分は見知らぬ男をベッドに招き入れたのだ。口の中にも。体の中にまで。そして、男は今もそこにいる。

薄灰色の光が、自分の下にいる男の、妙に張りつめた顔を覆う黒い無精ひげを照らし出した。「おはよう」

夜の暗い熱気の中で、アビゲイルは女だった。日中の冷たい光の中では、オールドミスに逆戻りだ。

見知らぬ男を誘い、やめないでと泣いてせがむオールドミス。

アビゲイルは背筋をこわばらせた。「おはようございます」

ロバートがアビゲイルの肩を覆っていた上掛けを折り、垂直に起き上がれるようにしたので、アビゲイルは彼の腰をまたいで座る格好になった。「いい？」

〝いい？〟という言葉が頭の中でこだました。その質問を発したとき、アビゲイルはロバートの男の部分を使って、自分の充血した部分を刺激しようとしていた。

自分で名前をつけた部分を。

〝私が触ってほしいのは……ほしいのは……私の真珠よ！〟

アビゲイルの筋肉は抵抗するように締まった。まるで柵の支柱の上に座っている気分だ。ロバートの肩の浅黒さは、シーツと枕の白の上で際立っていた。張りつめた小さな茶色の乳首が、縮れた黒い胸毛の間からのぞいている。

つまり、自分の胸も同じように丸見えになっているということだ。

飢えた子供のように、ロバートが吸いついた胸。

アビゲイルは両腕でさっと胸を隠した。

明らかな意図をもって、ロバートの腰が突き上げられた。

アビゲイルはあえいだ。体の奥深くを突かれたせいで衝撃が走ったのだ。右手を胸から離し、彼の硬い胸毛に押し当てる。この胸毛の中を探り回った自分こそ、飢えた子供のようだった。「実は、だめ、よくないの。その、私……その……」

言葉が出てこない。

かろうじて残っている品位を失うことを思い、アビゲイルは目を閉じた。女性の奥深くに体をうずめている男性に、生理現象が肉体の渇きを上回っていることを礼儀正しく告げる方法など、存在するはずがない。

羞恥に苛まれるアビゲイルに、大きな笑い声が突き刺さった。ロバートの体の動きにベッドの動きが相まって、やたら硬いものを脚の間に埋め込まれたまま、アビゲイルの体は小刻みに上下した。

傷つき憤慨しながら、アビゲイルは目を開け、両手でロバートの胸を押しのけた。自由になった胸のふくらみが好き勝手に揺れる。ごつごつした硬い指が腰をとらえ、錫色の目がアビゲイルに向かってきらめいた。

「お互いに勉強になったな。寝起きの男は硬くなっている。一方、寝起きの女性はただ用を足したいだけのようだ」

アビゲイルは歯ぎしりしながらロバートの体から下りようとしたが、脚が動いてくれなかった。血流が滞り、しびれているのだ。「申し訳ないのだけど、下りるのを……立ち上がるのを……手伝っていただけないかしら？」

ロバートの目のまわりの日焼けした皮膚にしわが寄った。「構わないが、順序が逆だよ。まずは立ち上がって――」力強い手がアビゲイルのウエストに巻きついた。「そのあと、下りるようにしないと」

ロバートは流れるような動きで、ベッドの上に垂直に起き上がってひざをついた。あっというまに体内から出ていったので、アビゲイルはあえぐ間もなくベッドの上に尻餅をついた。ロバートはアビゲイルを見下ろし、顔の前に男の部分を突き出している。

それは朝の淡い光の中でも、夜の真っ暗闇の中と変わらず迫力があった。

アビゲイルはベッドの足元のほうにあった灰色の毛布をつかみ、裸の体に巻きつけた。「ありがとう」

ロバートはにっこりした。「外はまだ嵐だ」

天候のことならアビゲイルもとっくに気づいている。「そうね」

「寝室用便器があると思うんだが」

そのとおりだ。ベッドの下にある。

自分が裸であることはまったく気にしていない様子で、ロバートはベッドから下りてしゃがみ込んだ。単調な雨音をさえぎるように、つるりとした磁器が硬材の上をすべる音が聞こえる。

ロバートは体を起こした。「手伝おうか？」

アビゲイルの顔はかっと熱くなり、火を噴きそうなほどだった。「けっこうよ」

「アビゲイル、一部屋しかないコテージの中では、恥ずかしがっている余裕などない。この生理現象は男も女も同じだ。いったいどこに違いがあるというんだ？」

アビゲイルはロバートから目をそらさずに言った。「女性はしゃがむけど、男性はしゃがまないという違いがありますわ、コーリー大佐」

ロバートは一瞬、灰色の目を見開いた。そして、頭をのけぞらせて大声で笑った。

真っ白な歯が見えた。

アビゲイルがそろそろと慎重にベッドから出ると、笑い声はやんだ。太ももの間の部分が、まるでイラクサを差し込まれたかのようにちくちく痛む。脚は二枚の木板になったのかと思うほど、何の感覚もなかった。アビゲイルは頭から倒れないよう足をふんばって立ち、床の上で丸まっている色あせた緑のドレスに手を伸ばした。

「アビゲイル、ばかなまねはよせ」昨晩と同じく、鋭く横柄な大佐の声が響いた。「外は土砂降りだ」

アビゲイルは胸の前で毛布を握りしめたまま、頭からドレスをかぶった。そして、中で途方に暮れてしまった。感情を抑えた声がもごもごと響く。「コーリー大佐、部下に命令するのは構いませんわ。でも、私には軍隊の規則は通用しませんから」

長く硬い指がドレスの中に入り込んでアビゲイルの左手をつかみ、袖に押し込んだ。「ミス・アビゲイル、昨日の晩は言うとおりにしてくれたでしょう」

軍隊の上下関係の話ではないことは、お互いにわかっている。

「コーリー大佐、昨日の晩はどうかしていたんです」

「外に出る必要はありません」くぐもって聞こえる声から、とたんに感情が消えた。アビゲイルの右手が袖に通される。「一将校として、あなたの秘め事に立ち入らないことを約束しますから」

「ありがとう、でもけっこうです」アビゲイルの顔がドレスから出た。「新鮮な空気を吸いたいので」

「それはそれは」ロバートはアビゲイルの体をくるりと回した。

アビゲイルは黒っぽいロバートの髪から目をそらした。彼の髪はほとんど乱れていないのに、自分の髪にはねずみの群れが棲んでいるかのようだ。「コーリー大佐、ドレスのボタンくらい自分で留められます」

「そうですか、ミス・アビゲイル」感情のうかがい知れない声で、ロバートは言った。ドレスの開き口から手を入れ、毛布をつかんで外に引っぱり出す。アビゲイルが抗議の声をあげる前に、ドレスの前を合わせ、小さなボタンを留めていった。

アビゲイルは黙ってされるがままになった。ロバートも黙ったままドロワーズを手に取った。

アビゲイルはその絹地をひったくり、彼に背を向けて、ぺらぺらの下着に体をねじ込んだ。

「靴はどこです？　それとも、はだしで走り回る習慣でもおありですか？」

アビゲイルは真っ赤になり、背中をぴんと伸ばした。靴はどこにやったのだろう？　そうだ。アビゲイルはドアの前に歩いていき、そこにあったハーフブーツに足を突っ込んだ。髪をまとめることも考えたが、そんな時間の余裕はないと思い直した。

吹き込む風に、今にもドアの中に押し戻されそうになる。とたんに、記憶が疾風のように押し寄せてきた。

〝私が二二年間の人生を殺しに費やしてきたことを、忘れさせてほしいんだ〟

ロバートは窓をのぞいたとき、アビゲイルが読んでいるのは宗教文学だと思ったのだ。宗教文学を読むのは年配の既婚女性やオールドミスであって、男性が現実を忘れさせてもらう相手として選ぶ女性ではない。

胸に抱かれた『ザ・パール』を見たとき、彼はどんなに驚いただろう。

アビゲイルがあの提案をしたとき、どれだけ卑猥な女だと思ったことか。

自分が処女であることを受け入れられないでいるオールドミスというのは、どれほどみじめで救いようのない存在なのだろう。

〝アビゲイル、私が君を抱いたのは、みだらな女性だと思ったからじゃない。君が必要だったからだ〟

雨は氷のように冷たかった。

つかのま、アビゲイルの心は揺れた。

ロバートにはすでに体のあらゆるところを見せているというのに、なぜこのことだけをそんなに恥ずかしがる必要がある？　だが、理性が打ち勝った。彼に知られているのは、夜のみだらな自分のことだ。昼間のオールドミスの自分のことではない。

アビゲイルは身をかがめ、風と戦ってドアを閉めたあと、今度は風と雨と泥と戦いながら裏の便所に向かった。帰りもまったく同じ戦いが繰り返された。

ドアを開けると、ロバートが待っていた。引き締まった腰にタオルを巻いている。アビゲイルのドレスがびしょ濡れになり、髪から水がしたたっているのを見て取ると、ボタンを外し、ドレスと絹のドロワーズを脱がせた。アビゲイルの体を毛布で包み、まるで子供を抱えるように軽々と抱え上げ、テーブルの前の木製の椅子に座らせる。どういうわけか、あたりの空気は暖かかった。

そうした騎士気取りの行動に、普段のアビゲイルなら憤慨していたはずだ。けれど、今は叱られたような気分になり、不思議と心が落ち着くのを感じた。

ロバートはアビゲイルの前にしゃがみ込み、てきぱきと靴を脱がせていった。

「ストーブに火を入れて、バケツで湯を沸かしています。戸棚には茶葉の缶とパンの塊が半分、あとはいちごジャムの瓶しか見当たりませんでした。トーストだけでもすぐに食べますか？　それとも、湯が沸くのを待って、紅茶と一緒に？」

アビゲイルは振り向き、ストーブの後ろの薪箱に目をやった。薪の一部がごっそりなくなっている。もう一つある椅子は、ストーブの向こう側に寄せられていた。椅子には、昨日床に落としたロバートの衣類が掛けられている。アビゲイルは反対側に顔を向け、戸棚の前の床を確かめた。割れたガラスはもう散らばっていない。ほうきが壁に立てかけてあった。

『ザ・パール』も、昨晩アビゲイルが落としたベッドの脇からは消えていた。ロバートがアビゲイルの髪から抜き取ったヘアピンも見当たらない。

アビゲイルは自分の足元で返事を待つ男性のほうを向いた。「紅茶ができるのを待ちますわ。ありがとう」

「ミス・アビゲイル、あなたは頑固な女性だ」

自分の目と同じ高さにある荒涼とした灰色の目を見つめると、胸がどきりとした。

ロバートは傷つきやすそうに見えた。そして、ひどく男らしかった。

昨晩はお互いにどうかしていた。

どうかしていたに違いないのだ。

ロバートは嵐の中に出ていき、このコテージにたどり着いた。最初の燃えるような情欲が消えたあとで、彼のような男性が自分のような女を求めるはずがない。

〝でもアビゲイル、君はただの女じゃない。嵐が続く間は、私の女なんだ〟

嵐はまだ続いている。

アビゲイルは来るべき拒絶に備え、気を引き締めた。「コーリー大佐、あなたは嘘をついたのね」

浅黒い顔から表情が消えた。「何のことです、ミス・アビゲイル？」

「あらゆることをしたいだなんて」

「あなたこそ、昨日の晩はどうかしていたと言ったでしょう」

「あれは嘘よ」

永遠とも思える長い一瞬、規則的に降り続く雨の音が消えたように思えた。ロバートの目尻から細かなしわが広がり、荒涼としていた錫のような目はぬくもりを帯びた。

「コーリー大佐、やっぱり先にトーストだけいただこうかしら」

「アビゲイル、約束したじゃないか。嵐がやむまでの間はお互いに名前で呼び合うと。それに、君は好きなだけ性的衝動に溺れればいいんだ」

赤く燃えたストーブに沸騰した湯がこぼれ、しゅうっと音をたてた。ロバートはタオルをつかんでバケツの取っ手を持ち上げ、流しのそばの小さな座浴用の浴槽に湯を注いだ。湯気が天井にまで立ち上る。残りの湯はティーポットに注がれた。ロバートは再びバケツに水を張り、ストーブに戻した。

「ここにはパンと水しかないのか？」

「ええ。ミセス・トーマスが嵐の中ここまで来てくれない限りは。ご主人のミスター・トーマスと一緒に、このコテージの管理をしている人よ。週に数シリング払えば、料理と掃除と洗濯をやってくれるの」

「今日は来られそうにないな」

「そうね」アビゲイルの腹の中にじんわりと温かな期待が広がった。この人とあと一晩過ごせるのなら、多少の空腹くらい我慢できる。

ロバートはトーストにちょうどいい焼き目をつけた。そして、いちごジャムをたっぷり塗った。

ロバートの目が陰を帯びた。考え込むような、探るような目でアビゲイルの目を見る。「昨日の晩、いやがったのはどうしてだ？」

アビゲイルは嘘をつく気満々で肩をいからせた。ロバートがこの欠点に気づいていないのなら、どうして自分から教える必要がある？　けれど、実際にはこう答えた。「あなたが髪を下ろそうとしたからよ」

「君はきれいな髪をしているじゃないか」

「だってもうつやがなくなってきているし」

自分が急速に年老いつつあることの証が、笑われるようなことだとは思っていなかった。ところが、ロバートは笑った。

アビゲイルはあごを上げ、小指を正しい角度に立てて紅茶のカップを持った。

「もう若くないことをそんなに面白がってもらえて光栄だわ、ロバート」

「アビゲイル、年齢なら私のほうが五つも上だ。それに、本当に君の髪につやがなかったら、笑ってはいないよ」

「でも、本当なんだもの」アビゲイルは頑固に言い張った。

「だとしたら、私にはわからないんだ」

「私のような年齢の女性は、髪を下ろしてはいけないものなのよ」

「だからこそ私のような男が存在して、そういう女性の髪を下ろすのかもしれないな」

ありえないことを信じてしまいそうになり、アビゲイルはまつげを伏せて錫色の目を避けた。

「脚は大丈夫なの？」

「脚ってどっちの？」

彼の術中にはまり、アビゲイルは視線を上げた。「左の……」

ロバートの目のきらめきに気づき、口を閉じる。

「コーリー――ロバート、あなたのユーモアのセンスは手の施しようがないわ」

ストーブの上で、バケツの湯がしゅうっと音をたてた。ロバートが浴槽に湯を足し始めると、立ち込める湯気で姿が見えなくなった。力強くポンプを動かす音が灰色の霧の向こうから聞こえる。そのあと、湯の中に勢いよく水が注がれる音がした。もやもやと立ち上る霧が晴れると、ロバートが浴槽の上に身を乗り出し、心そそる水音をたてて温度を確かめているのが見えた。

ロバートは立ち上がった。「お嬢さま、お風呂のご用意ができましたよ」

アビゲイルは浴槽に近づき、大胆に毛布を落とした。同じように大胆に、ロバートがアビゲイルを抱え上げる。

そして、口づけをした。

彼の舌は焼けつくように熱かった。いちごジャムの味がする。

風呂の湯も焼けつくように熱かったが、甘さは微塵もなかった。

アビゲイルは慎みを捨てて脚を浴槽の両脇に投げ出し、体を引き上げた。ロバートも同じく断固とした態度で、アビゲイルを押し戻した。成功したのはロバートのほうだった。

「出して！　熱すぎるわ！」

「アビゲイル、じっとするんだ。湯は熱くなければ意味がない」

「こんなにも熱いお湯に入れて意味があるのは、ロブスターだけよ！」苦悩といらだちに目を閉じ、もっと礼儀正しい対応を試みる。「ここから出してちょうだい」

「今さら言うことじゃないかもしれないが、君はきれいだ」

自分がきれいではないことくらい、よくわかっている。アビゲイルはぱちりと目を開けた。「つまり、あなたは赤という色が好きということかしら？」

低く男らしい笑い声が熱い湯気に充満した。「アビゲイル、赤いと言っても赤面したときほどじゃないよ。約束する。しばらく浸かっていれば、そのうち気持ちがよくなるから」

「しばらく浸かっていれば、よく火が通るということね」

「食べごろになるということだ」

アビゲイルは全身火ぶくれができそうなほどの熱に包まれたが、それは湯の熱さが理由ではなかった。

ロバートは小さくため息をつき、浴槽の頭側の床に座った。「アビゲイル、浴槽にもたれて」

返事代わりにため息をもらし、アビゲイルは頭をもたせかけた。ロバートの胸毛がちくちくした枕になる。力強い手が伸びてきて、濡れた髪を額からかき上げてくれた。なだめるようなその動きが続くうち、やがて湯と愛撫が一体となり、骨が溶けていく感覚にとらわれた。頭が後ろにのけぞっていく。

ロバートの顔が前に傾き、視線が合った。

心臓がどきんと音をたてた。

彼はとても孤独に見えた。

これまでに何をしてこようと、これほどの痛みに耐えなければならない人間などいない。

「教えて」アビゲイルは静かに命じた。

灰色の目が陰った。ロバートは顔を近づけ、アビゲイルと鼻を触れ合わせた。

「何をだ？」

「一三歳のとき、陸軍に入った理由よ」

「でも、それは君に違法だと言われた」

「じゃあ、陸軍での生活を教えて」

ロバートは顔を上げた。濃く黒いまつげが目を覆う。

「私が陸軍に入ったのは、野心にあふれていて、世界を見たいと思ったからだ。背が高く体格のいい少年だったから、年齢を疑われることはなかった。鼓手として入隊してすぐに、夢はかなった。インドに送られたんだ」

湯気がまつげにつき、顔を覆う黒い無精ひげの上で玉状になった。

「インドは広い国だわ」アビゲイルは先をうながした。「どの地方に配置されたの？」

濃く黒いまつげが上がった。ロバートの表情は怖いくらいにぼんやりとしていて、その目は二二年前を見るようだった。「行ったことがあるのか？」

「いいえ」

「君の言うとおり、インドは広い国だ。ジャングルもある。砂漠もある。山もある。山の上に朝日が昇ると、砂が血のような赤に染まるんだ」

「きれいね」アビゲイルは静かに注意深く言いながら、人はどんな目に遭えばこのような表情を浮かべるようになるのだろうと思った。「インドに送られたのは、セポイの反乱の鎮圧のため？」

錫色の目が冷笑の色を帯びた。「あれは皮肉な話でね。セポイの反乱はそもそも、イギリス軍のライフル銃の薬包に豚と牛の脂が塗られていたことに、イスラム教徒とヒンドゥー教徒が反発したことから起こったんだ。片やイギリス人の歩兵たちは、問題の脂を乾パンに塗ってうまいうまいと食べていた」

ロバートが肩をすくめると、胸毛と筋肉がアビゲイルの背中をわずかにこすった。「セポイの反乱は、私がインドに着くころには終わっていた。私の連隊は山のふもとに駐屯していた。ある朝、私は駐屯地を抜け出して太鼓の練習に出かけた。きちんと行進曲がたたけるようになるまでは、裁縫と料理をすることになっていたんだが、それなら太鼓のほうが楽だと思ったんだ」

ロバートは言葉を切り、右腕を上げた。長い指がアビゲイルの喉を優しくさする。

アビゲイルは首をのけぞらせ、自分の体を、おそらく彼が受け取ってくれる唯一のなぐさめを差し出した。「それで、その朝……太鼓の練習はできたの？」

「いや。一人のインド人傭兵《セポイ》――ベンガルの兵士が、峡谷で太鼓をたたいている私のところに来た。その男の中では、反乱はまだ終わっていなかったんだ。男は鼓手の少年を殺すのも一興だと考えた。いずれ対峙するイギリス人兵士を一人減らすことになるからな。弾丸を費やすまでもないが、銃剣で刺す価値はあると」

アビゲイルはびくりと震えた――心の中で。表面上は、冷え冷えとしたロバートの視線を静かに受け止め、彼の優しい愛撫を受け入れながら、いちばん年上の甥が陸軍に入り、死に直面するさまを想像しようとしていた。今も輪を回して遊んでいる、一三歳の甥っ子。

「どうなったの？」

「本当に聞きたいのか？」

「ええ」アビゲイルは断固とした声で言った。

「そのセポイは私をあざけるように銃剣でつついては、血が噴き出すと引き抜いた。そのうち調子に乗って、血と汗と鼻水と涙を顔から垂らしているイギリス人の少年など、取るに足りない敵だと思うようになった。太鼓のばちのことを忘れていたんだ。ばちは先が細くなっているし、質のよい硬い木でできている。私は一本目をそいつの腹の柔らかいところに突き刺した」

血のように赤い砂が、そのセポイが、かつて子供だったロバートが目の前に現れた気がして、アビゲイルは息が止まる思いだった。

「相手は死んだの？」冷静な声でたずねる。

「いや。だが、不意を突くことはできた」

アビゲイルの肌の上をつまびくように動いていた指が、喉元で激しく脈打つ部分に押しつけられた。「私は二本目のばちで喉を刺した。刺した瞬間、引き抜きたくなった。あのとき、相手の目に浮かんだ表情は一生忘れないだろう。そいつは喉からばちを抜いて、立ち尽くしたままそれを見つめていて、喉からは血と空気がほとばしり出て、私は死なないでくれと思った。だが、もはや手遅れで、今さら血を止める手段はなく、ぜえぜえという呼吸が止まってからも出血は続いた」

熱く塩辛い湯気がアビゲイルの頬を伝った。

「司令官は私のしたことを見て、ライフル銃を持たせてくれた。反乱は完全には終わっていなかった。戦争とは終わりのないものなんだ。私たちがインドに送られたのは、平和を構築するためじゃない。イギリスの統治を確立するためだった。アビゲイル、私は兵役期間が始まる三カ月も前に、一人目の人間を殺したんだ。以来、人を殺し続けている」

「ロバート、それは仕方のないことよ」もっともらしいなぐさめの言葉をかけようとした声は、奇妙にかすれた。

ロバートの灰色の目に何かが光った。アビゲイルの頭の後ろで彼の胸が動き、左腕が上がる。顔が両手に包まれ、頬を親指がなでた。

アビゲイルは息をつめ、話の続きを待った。

「兵役期間が終わると、できる仕事は何でもするつもりでイギリスに帰った。だが、イギリスは以前と同じではなかった。私は以前と同じ人間ではなかった。家族が愛する祖国のために戦っているというのに、そこでどんなに恐ろしい体験をしたのかなど、家族に言えるはずがなかった。神を畏れる人間にあのようなことができると知りながら、ありふれた日々の暮らしに、家族が感じているのと同じ喜びを感じることはできなかった。そこで、私は再び入隊した」

ロバートの顔が近づいてきた。ささやくようなキスに、アビゲイルは目を閉じた。熱い息がまつげをくすぐる。

「至近距離での戦闘には、ある種の近しさがある。敵に親近感すら抱くんだ。肌が黒い者も、白い者も、茶色い者も、黄色い者も、皆同じだ。刺されると、あるいは撃たれると、誰もが驚いて目を見開く。ありえないと思っていたことが現実になったという驚き――敵はこのあとも生き続けるのに、自分は死んでいくことへの驚きだ」

涙。アビゲイルはぼんやりと、自分の顔を流れる熱く塩辛いものが湯気ではなく涙であることに気づいた。ロバートには流すことのできない涙を、自分が流しているのだ。

「四カ月前、私は撃たなかった。だから、私が撃たれた」濡れた頬をロバートの親指がさすり続けている。「私はイギリスに送り返された。脚が治ると、自分はこのあと陸軍に戻るんだと思った。次に兵士と目を合わせるとき、あの驚きを目に浮かべるのは自分のほうだと思った。それに、傷の回復を待って休養している間に、自分自身についてわかったことがある」

それに続くロバートの言葉を理解するには、意識を集中し、耳で聞くのではなく体で感じる必要があった。「女性の中で我を失う感覚を知らずに死んでいくのはまっぴらだと思っている自分に気づいたんだ」

ロバートが顔を上げ、アビゲイルの額にあごをのせると、ちくちくした無精ひげが肌をくすぐった。「アビゲイル、私が君を喜ばせているんじゃない。君が私を喜ばせてくれているんだ」

ああ、ずっと知りたかったことを今知ることができた。

アビゲイルは胸にこみ上げてくるものをのみ下した。「ロバート」

「ん？」ロバートの胸の中で返事が低くとどろいた。

「全身がゆだってきたわ」

「イギリス産の肉だね、アビゲイル。食事の時間だ」

5

ロバートが〝食事〟を始めると、アビゲイルは指を彼の髪に――信じられないほど柔らかくて温かい髪に絡ませた。

昨晩経験したいくつもの絶頂も、体の中でらせん状に高まっていく快感の前には色あせて感じられた。昨晩はその先に待ち受けているものを知らなかった。だが、今日は知っている。

アビゲイルは枕から頭を起こし、下を向いた。日に焼けたロバートの指が真っ白な自分の腰に潜り込み、こげ茶色の髪がひざを立てた自分の太ももの間にうずもれているのを見て、いっきに頂点を超えそうになる。

次にまつげを上げたとき、ロバートは目の前にいた。アビゲイルに覆いかぶさり、細めた錫色の目で熱っぽくこちらを見ている。

同じくらいの熱を込めて、アビゲイルはほほ笑んだ。「私の番よ」

「何のことだ？」

「あなたは私の全身を見たけど、私は……」

「君もコテージから出ていく前に、私の全身を見たじゃないか」

「でも、それとこれとは違うわ」アビゲイルは手を上げ、ロバートの頬に触れた。黒い無精ひげがちくちくと手を刺す。この男性をよく知りたい、体の隅々まで記憶に焼きつけ、肌の隅々まで触り尽くしたいというのが、アビゲイルの何よりの願いだった。ロバートが自分の一部になったのと同じように、自分もロバートの一部になりたい。「本によると、男性は絶頂を迎えたとき色が変わるそうよ。ロバート、私は知りたいの。あなたについて知るべきことは、何もかも知りたいのよ」

灰色の目から表情が消えた。ロバートはアビゲイルの体から下り、仰向けになって片腕を目の上に投げ出した。「じゃあ、知ってくれ、アビゲイル……もし色が変わったら教えてほしい。その知識は戦場でも役に立つだろう。それをカモフラージュに利用して敵を驚かせ、混乱させるんだ。カメレオンみたいに」

アビゲイルは思わず笑った。「私をからかっていらっしゃるのね、大佐殿」

ロバートは腕を上げ、横目でアビゲイルを見た。「からかってなどいないさ。私が急に無防備な気分になるのは仕方がないだろう。淑女の個人授業のために男が自分の身を捧げるなど、日常的にあることではないからな」

アビゲイルの喜びに、辛辣な現実が割り込んできた。「ロバート、私は淑女ではないわ」

ロバートは日に焼けた長い指を伸ばし、アビゲイルの鼻をつついた。「君は頭の先から爪の先まで淑女だよ。それに、私は君を喜ばせるためにここにいるんだ」

「あなたの喜びはどうなるの?」アビゲイルは片手でロバートの胸をなぞり下ろし、筋肉が隆起する腹を通って、議論の焦点となっているものを握った。

「ミス・アビゲイル、早く授業に取りかからないと、学生が逃げていってしまいますよ」

アビゲイルはベッドの足元のほうに移動した。すると、ロバートの太ももに炎症を起こした赤い傷があるのに気づいた。左手でそっと触ってみる。

「ここはまだ痛むの？」

灰色の目から表情はうかがえなかった。「ミス・アビゲイル、そんなことは授業計画には含まれていません」

「昨日の晩、脚を引きずっていたわね」

「それは、あのいまいましい馬に放り出されたとき、脚を打ったからだ。授業を続けてください」

アビゲイルは言われたとおり、黒い縮れ毛から突き出す膨張した竿を観察した。これが自分の中に収まったとはとても思えない。「長さを測ったことはある？」

「私を赤面させるのが狙いだな」

「頭は紫色ね」ロバートの攻撃は無視して続ける。「とても大きくて、小さめのこぶしくらいあるわ。目もついているのね」先端でぽつりと光る液体を指に取り、ふくれ上がった頭全体に伸ばす。「それに、涙も流すんだわ。コーリー大佐、この子は悲しいのですか？」

「とても悲しんでいます、ミス・アビゲイル」ロバートの声は苦しげだった。

「キスでなぐさめてもらえませんか？」

アビゲイルは身をかがめ、紫色の球体に舌をつけた。「あなたの味は……塩辛いですわ、大佐殿」

「一度なめただけでは、味はわかりません。口の中に入れてみてください」

ロバートは自分の味をよく知っている――アビゲイルと同じくらいには。それでいて、アビゲイルと同じくらい、この男と女の遊びに魅了されているのだ。

アビゲイルは両手でロバートの柄を握ってぐいと引き下ろし、冠部分がすっぽり口に入るようにした。そして、再び彼を味わった。

「やっぱり塩辛いですわ、大佐殿」

ロバートの息づかいが荒くなった。「もしかしたら勘違いかもしれない……もう一度確かめてもらわないと。急いで味わったところで、判断は下せません」

「一理ありますわね。でも、その前に自分の長さを測ったことがあるかどうか、お答えになって」

「一度もありません」

「では、測ってあげます」アビゲイルはロバートの男の部分を手で測った。根元から手のひらをいっぱいに広げても、紫がかった冠には届かない。「私の手は広げると一五センチあるから……ここまでがそうね。もう片方の手も足して測ると、長さは……二二センチですわ、コーリー大佐。次に戦争に行ったときは、敵をカメレオンのようなカモフラージュで驚かせるだけじゃなく、特大の槍で威嚇することもできますわね」

ロバートの笑い声にマットレスが揺れた。

「でも、ミス・アビゲイル、本当に色が変わるのかどうかはまだわかっていません」

「コーリー大佐、それはどうやって確かめたらいいのでしょう？」

ロバートの笑い声がやんだ。

「アビゲイル、私を吸ってくれればいい。できるだけ強く、深く」

アビゲイルは両手でロバート自身を包み込んだ。紫がかった冠が脈を打つ。

「でもコーリー大佐、それは昨日の晩にもしましたわ。今日は違うことがしたいのです」

ロバートの唇に薄く笑いが浮かんだ。「あなたの空想に従いますよ、ミス・アビゲイル」

アビゲイルは太い竿を両手ではさんでこすり、ロバートが戦いの前夜に一人きりでいるところを想像した。「自分で触ったことはある？」

「君は？」

雨音がコテージの中に静かに響く。

アビゲイルは恐怖と不安を押し殺し、品位ある人間にはあるまじき行為、認めるなど言語道断である行為を白状した。「ええ」

「それは誰もがすることだと思うよ。戦場だと、一人きりになるのが難しいが……人目すらどうでもよくなることがある」

「どんなふうに自分を触るのか見せて」

ロバートが頬を赤らめたような気がしたが、あたりが薄暗く、彼の肌が浅黒いせいで、はっきりとはわからなかった。ロバートも自分と同じくらい無防備な気分になることがあるのだと思うと、アビゲイルは温かい気持ちになった。

そして、決意に火がついた。「ロバート、〝あらゆること〟という約束よ」

ロバートは黒いまつげを伏せ、両手を伸ばしてアビゲイルの手を包んだ。

「両手でこするんだ。こんなふうに」

両手が熱いものと摩擦する手にはさまれた。彼女はすぐに手の動きを習得し、その動きに変化を加えていくと、やがてロバートの手は離れ、彼は自分だけのものになった。

ロバートの準備が整ったことが、ぴんと張りつめた体から感じられた。解放を求めてうねり、もだえる腹からも明らかだ。

突然、球状の頭が濃い赤紫色になった。目の前で起こる変化にアビゲイルが驚嘆しているうちに、それは脈打ち、白い液体を噴き上げた。とたんに、ロバートの喉からうめき声がもれ出た。

その声に、アビゲイルは視線を上げた。ロバートのまぶたは固く閉じられ、唇からは歯がのぞき、苦悶に耐えているかのようだ。その顔が少しずつやわらぎ、やがて平穏そのものの表情を取り戻した。

黒いまつげが上がった。

あまりに多くの死と痛みを見てきた、荒涼とした灰色の目の奥をのぞき込みながら、アビゲイルはこの男性に……あらゆることをしてあげたいと思った。

「ミス・アビゲイル、色は変わりましたか？」

アビゲイルはロバートが自分の中に入り、たった今目の当たりにしたすばらしいことをしてくれるところを想像した。涙が鼻の奥をつんと刺す。

「ええ、変わりましたわ、コーリー大佐」

灰色の目はあまりに熱っぽかった。こんな目で見つめられ続けたら、笑い出すか泣き出すか、何かひどく場違いなことをしてしまいそうだと思ったとき、彼の目のまわりにしわが寄った。

「アビゲイル、〝槍〟だって？」

「ほかの名前のほうがよかった？」

「陰茎」

活字でしか目にしたことのないあからさまな言葉に、アビゲイルの顔は真っ赤になった。「破城槌」

「男根」

「ヤコブの杖」

ロバートは頭をのけぞらせ、いかにも男らしい、開けっぴろげないつもの笑い方をした。「どこでそんな言い方を覚えたんだ？　そうか。官能本だな。昨日の晩、私が窓からのぞいたとき、君はずいぶん恍惚とした表情をしていた。何を読んでいたんだ？」

彼は答える隙を与えず、アビゲイルの体を乗り越えて床に下りた。ロバートが裸のままベッドの足元にしゃがみ込む様子を、アビゲイルは興味深く観察した。無防備な状態、むき出しの状態にある男性。

ロバートはアビゲイルの視線に気づいていた。振り返ったとき、灰色の目はきらめいていた。彼は手にした『ザ・パール』を掲げた。

「君が読んでいたのはこれか？」

「号数は？」

「第一二号だ。全部持っているのか？」

アビゲイルは裸の体にすばやくキルトをかけた。「ええ」

ロバートはアビゲイルの体からすばやくキルトをはがした。「窓辺に来て」

アビゲイルはロバートの体の前をまじまじと見た。柔らかかったものが硬くなっている。「どうして？」

「読み聞かせてほしいんだ」

アビゲイルは口をぽかんと開けた。「絶対にいやよ」

「恥ずかしいのか、アビゲイル？」

真実を押し隠すように、アビゲイルは目を閉じた。そう、恥ずかしいのだ。自分が欲望を抱いていることが。その欲望を追求していることが。

アビゲイルは目を開いた。「いいえ、恥ずかしくはないわ。ただ、すごく無防備な気がして。女性が自分の秘密の生活を人に見せるなんて、日常的にあることじゃないから」

ロバートの浅黒い顔が険しさを帯びた。アビゲイルは、殺される直前にこの表情を浮かべるロバートが想像できる気がした。彼は唐突に手を伸ばし、アビゲイルの手をつかんだ。肌の同じ部分が、アビゲイルは柔らかくてロバートは硬く、自分はなめらかで彼はごつごつしていた。

一瞬、アビゲイルはとらわれた気分になった。そして、ロバートも欲望にとられているのだと気づいた。この嵐が続く限り、その欲望は彼のものでも自分のものでもなく、二人のものなのだ。

ロバートはベッドの端にアビゲイルを引き寄せ、立ち上がらせた。

「窓辺に立って。いや、違うほうの窓だ」

アビゲイルは戸棚をよけて進み、ドアの反対側に割れずに残っている窓の前に不安げに立った。カーテンが開いているせいで冷気が漂い、外から室内が丸見えになっている。

ロバートは窓辺に椅子を置いた。「座って」

アビゲイルは光に背を向け、すました顔で椅子に座った。燃えるように熱く、敏感になってうずく肌に、木が冷たく硬く感じられる。

ロバートは枕を床に落とし、椅子の前でひざをついた。雑誌を差し出す。

「昨日の晩、私が入ってきたときに読んでいたページを開いてくれ」

アビゲイルはページをめくった。窓から差し込む薄い光に活字がぼやけ、ここに存在するのは自分……とロバートだけのような気がした。

「見つかったか？」

「ええ」

「ちょうど昨日読んでいたところから始めてくれ。でも、まずは私が話についていけるように、それまでのあらすじを聞かせてほしい」

アビゲイルは咳払いをした。「物語の題名は『愛の薔薇《ラ・ローズ・ダムール》――快楽を求める紳士の冒険　フランス語からの翻訳』とあるわ。ルイという男性が、女性たちの……ハーレムを作っていて、ローラという生娘をさらってくるの。私が読んでいたのは、ルイがローラに、自分と一緒に来て、花を散らすのを許してくれれば、こんな喜びが味わえるのだと説得していたところよ」

ロバートが身を乗り出し、アビゲイルは彼の体温に包まれた。欲望のひとしずくが、アビゲイルのひざと彼の男の部分をつないだ。「ルイはどうやってローラを説得していたんだ？」

アビゲイルは息を吸い、ロバートの、自分の匂いを吸い込んだ。そして、わずか数センチ先にある荒涼とした灰色の目を見つめた。「ローラのクリーム壺に指を入れたの」

予想に反して笑い声は聞こえず、代わりに燃えるような熱を感じ、アビゲイルは息をのんだ。ロバートは目を見つめたまま、アビゲイルの腰をつかんで引き寄せたので、尻が椅子の端からずり落ちそうになった。

アビゲイルは驚いて息を切らし、雑誌を落として木製の椅子の両脇をつかんだ。

すぐにロバートが雑誌を拾い上げた。アビゲイルの右手を椅子から引きはがし、雑誌をつかませる。「読んで、アビゲイル」

ロバートに官能本のコレクションを見られることと、それを声に出して読むこととはまったく別だ。

「ロバート。私、あなたに読んでもらいたいんだけど」

「アビゲイル、これは契約とは別だ」ロバートの声は、表情と同じく断固としていた。「私は君が読むのを聞きたいんだ」

「読めば満足なのね？」アビゲイルはとげのある口調でたずねた。

「いや、それだけでは満足できない。君の秘密の生活に私も参加したい。一段落読み終えたら教えてくれ」

急に自分が手にしている紙のように乾いてきた唇をなめ、アビゲイルは該当ページを見つけて、光が当たる位置に雑誌を上げた。息をするたびに、胃の上で胸が上下に跳ねる。黒い活字を見つめると、奇妙なデジャヴに襲われた。

「欲望は極限にまで高まった。私は彼女に、この先味わうことになる喜びを話して聞かせた。屋敷に着いたら、私が君の花を散らし、この先端でみごと膜を破ってやるのだと。『愛しのローラ』私は言い、片方の手を取って、私の」アビゲイルは深く息を吸い込み、禁断の言葉を口にした。「陰茎を握らせた。『そして』私は言った。『君は喜びと快楽をすべて知ることになる。現実の』」もう一度深く息を吸い込む。「『性交の』」

硬くて熱い、ごつごつした親指が、アビゲイルの太ももの頂に潜り込んだ。

アビゲイルは雑誌の上からのぞいた。ロバートは続きを待っていた。

「一段落終わったわ」

「続けて」ロバートの声は低く重々しかった。

腹の内側のざわめきが心臓にまで広がった。

「『それから、君は』私は続けた」アビゲイルは自分のものとは思えない、震える声で先を読んだ。「『今感じているのとはまったく違う、甘い混乱を味わうことになる。太ももを大きく開いて間に私を受け入れ、自分の体につながる温かいむき出しの体を感じるんだ。胸には甘美なる準備作業が施され、胸にも唇にも熱い口づけが降り注ぐ。さまよえる舌が薔薇色の唇を割って入り込み、君の舌を探り当てると、二人の舌は甘く絡み合い、のたくり、くすぐり合う。今、この舌が君の舌にしているように』そう言いながら、私は舌を差し入れ、彼女の舌に絡めた」

風のうなり声に、アビゲイルの声はかき消された。羞恥と欲望が混じり合い、全身が熱くなる。

ロバートは無言のまま、アビゲイルの太ももを大きく開いた。最もひそやかな部分に冷気が割り込んでくる。それは突然、熱――指の感触に替わった。

「アビゲイル、濡れているよ。一人で読んでいるときもこうなるのか？」

アビゲイルは体を震わせた。これまで生きてきて、こんなにも自分をさらけ出したことはない。「ええ」

むき出しになったロバートの硬く力強いものが、アビゲイルの太ももの間に押しつけられた。「雑誌をよけて」

アビゲイルは『ザ・パール』を下ろした。

焼けつくほど熱く濡れた口が右胸に襲いかかった。まるで、アビゲイルを丸ごとのみ込もうとしているかのようだ。硬く熱を帯びた手で柔らかなふくらみをつかみ、口にすっぽり収まるよう絞り上げながら、もう片方の手で左の乳首を探り当て、火をつけるように荒々しくこする。

鋭い痛みが走った。

優しいとは言えない力で乳首をかんでくるロバートに抗議をしようとアビゲイルが口を開いたとき、胸から歯の感触が消え、口がふさがれた。ロバートの口は今も焼けつくように熱く、いちごジャムとブランデーとアビゲイル自身の味がした。

アビゲイルは鋭く息を吸い込んだ。乳首が優しくよじられる感触に。口蓋をこする舌の感触に。

『ザ・パール』のことは頭から吹き飛んだ。羞恥心もかき消えた。アビゲイルはロバートの首に両腕を巻きつけ、彼を近くに、もっと近くに引き寄せ……。

ロバートが延々と口づけを続け、乳首をつまみ続けるので、やがてアビゲイルは息を切らして身をよじり、もっと欲しいと訴えた。次に進もうと二人の間に手を伸ばすと、ロバートは体を引いた。

彼の唇は濡れて光っていた。「読んで」

その瞬間、アビゲイルは気がついた。ロバートはアビゲイルを相手に、ルイのローラに対する言動を再現しようとしているのだ。

すばやくページをめくり、さっき読んでいたところを見つける。

「『やがて私は陰茎を取り出し、それを入れるために君の無垢な唇を指先で押し開いて、最初は優しく突き、哀れな狭い入り口を極限まで押し広げていく。君は多少の痛みに耐えるうち、やがて頭がすっぽりと中に収まるのを感じるんだ。私は唇に口づけをしたあと、優しくも断固とした攻撃を開始して、少しずつ君の中に押し入り、強さを増しながら侵入を続ける。ついには全身の力を込めて突き立て、君がため息をつこうが泣き声をあげようが力強く分け入り、一突きごとに少しずつ奥に進んで、障壁を突き通し、処女の砦を根こそぎ打ち破る。君は泣いて慈悲を請うが、それが聞き入れられることはない。私は情欲を狂気の域にまで高め、目に炎をちらつかせながら、全身の力を強烈な一突きに込め、向かうところ敵なしの勢いで突き進んで、砦に急襲をかけ、美しき敵の血煙を立てる。君は苦悶の叫びとともに征服者に処女を明け渡し、獲物の戦闘能力を奪った私は、血みどろの激戦の報酬を受け取るべく先に進む』」

だらりとした手から、雑誌が引き抜かれた。アビゲイルは目を見張り、二人の体の間を見下ろした。

ふくれ上がった男の部分がロバートの右手に握られていた。彼が身を乗り出すと、アビゲイルからは何も見えなくなり、ごつごつした指先が下の唇をそっと開いたことだけが感じられた。やがて、球状の頭が、すもものようになめらかで燃えるように熱いものが、そこに当たった。ロバートはゆっくりと優しく体を前に揺すり、アビゲイルを突いて広げたが、入り口を抜けて中に入る直前に体を引いた。からかい、じらすように、突いては引き下がる動きを繰り返すうち、ついにアビゲイルの体内からもれ出たものは尻の下の木製の椅子を濡らすほどになった。

もうお遊びはたくさんだ。ロバートはルイではないし、何よりも自分はローラではない。そう思ったとき、急に何かが動く気配があり、体内に彼が、彼の頭だけが入り込んだのがわかった。それはさっきアビゲイルが引き合いに出したとおり、こぶしほどの大きさがあるように感じられた。

ロバートは顔を近づけ、口を開いてアビゲイルの唇に激しい口づけをした。やがて唇は離れた。中にいる彼はさっきより少しも奥に進んでいなかった。

「ロバート――」

ロバートは片頬をゆがめて笑った。「アビゲイル、ため息をついてもいいよ。泣いてもいい」

彼はゆっくりアビゲイルの中に潜り込んでいったが、深さは二センチではじゅうぶんではなく、五センチでも足りず、一〇センチでもまだ全然足りなかった。ところが、ロバートは根こそぎ引き抜いて、充血した頭でアビゲイルをなぶるようにつつき、中には入らず、かといって完全に離れようともしなかった。

欲求不満のあまりアビゲイルが叫び出しそうになったとき、ロバートはまたも片頬だけで笑った。

「叫んでもいい」

そして、前に突き出した。

アビゲイルは叫んだ。

お互いの下の毛が絡み合うのを感じ、ロバートがかなり奥まで入ったことがわかったが、それでもまだ足りなかった。

ロバートの顔が紙束に隠れた。アビゲイルは目をしばたたき、黒い活字を見つめた。

「読んで」

アビゲイルの手の中で、ページを開いた雑誌が震えた。体が震えているのだ。あるいは、震えているのはロバートのほうかもしれない。ロバートがあまりに深く自分の中にうずもれているため、どこからどこまでが彼で、どこからどこまでが自分なのかもわからなかった。

アビゲイルは深呼吸してから続きを読んだ。

「『私は再び頭ごと引き抜き、再びゆっくりと中に入る。再び引き抜いては中に入る動きを繰り返すうち、中は泡立ち、うっとりするほど狭い豊かな肉にきつく締めつけられ、こすりあげられる。やがてたまらなく甘美な快感が訪れ、私はもはや自らを御することができなくなる』」

段落が終わると、アビゲイルは自分から雑誌を下ろした。ロバートがこれを終わらせてくれないのなら、何としてでも自分が終わらせるつもりだった。

視線がきつく絡み合った。ロバートはまたも片頬だけで笑い、アビゲイルの腰をぐっとつかんで、少しずつ、何センチ分進んだかわかるほど少しずつ、自分自身を抜いていった。それから再び、やはり数センチずつ中に戻っていった。全部入るまで二二センチ。全部出るまで二二センチ。ロバートはなめらかに、リズミカルに動き、やがてアビゲイルはすっかり濡れて開ききり、実際に彼が自分の中に泡を立てているのを感じながら少しずつ、少しずつ頂点に……。

ロバートの額に汗の粒が浮き、こめかみを伝った。彼は垂木を見上げるように頭をそらし、アビゲイルの中に突き立てたが、強さも速さも完全には出しきっていなかった。首と肩の筋肉が隆起し、ロバートが自らに課したリズムを保とうとしているのがわかる。

アビゲイルはとたんに、二人のどちらかが降参するか、自分が小説の中の行為を終わらせるまで、ロバートはこのペースを保つつもりなのだと悟った。

「『私が荒々しく君の中に突き立てると』」アビゲイルはあえぎながら、体が収縮し、開いたり閉じたりして解放の道筋を探る中、そこにたどり着くための言葉を絞り出した。「『喜びの山場が近づいてくる。私はそれが迫りくるのを感じながら、君を突く。深く、もっと深く。そして、ついに――』」

体はひとりでに反り返り、アビゲイルは目を閉じて叫んだ。

雑誌は手から飛んでいった。自分が耳にしたと思った声を、現実に耳にしたとは信じられなかった。それはまるで、耐えがたい責め苦を受けた動物のうなり声のようだった。アビゲイルはやみくもに筋肉質の腕を、肩を、首をつかみ、『ラ・ローズ・ダムール』の描写と同じく、自分の体内に下半身を突き立て、すりつけている男性が、もはや自らを御することができなくなっているのがわかった。

ロバートの腰の動きに合わせ、木製の椅子が揺れ、きしんだ。アビゲイルは頭の片隅で、尻にとげが刺さるのではないかと思った。その考えが浮かんだ瞬間、アビゲイルを取り巻く世界は弾け、ロバートも一緒に弾けて、体内にうずもれた部分が痙攣し、液状の火を噴いて、アビゲイルはいっきに落下し……。

ロバートもろとも冷たい厚板の床に落ちた。アビゲイルは彼の腕にがっちりと抱かれ、二人とも空気を求めてあえいだ。

ロバートの胸の中で低い音がとどろき始めた。アビゲイルはぼんやりと、私は死にそうだというのに、この人はよく笑っていられるものだと思った。

ロバートはアビゲイルの髪に両手を差し入れて顔を持ち上げ、自分のほうを向かせた。熱い息が鼻に、口に入り込んでくる。「ミス・アビゲイル、あなたの秘密の生活には恐れ入りました」

アビゲイルは突然生まれ変わったような気がした。大人になってからの人生に影を落としていた羞恥心が霧と消えていく。

アビゲイルは目を開け、今も空気を求めて上下するロバートの裸の胸を見つめた。「浜辺を歩きましょう」

「嵐の中を？」

「嵐は大好きよ。裸で浜辺を歩きたいの。雨が胸に口づけするのを感じたい。あなたのあれを海に浸したらどんな色になるのか見てみたいわ」

そう言うや否や、アビゲイルは立ち上がり、二人は連れ立ってコテージのドアを開け、裸で嵐の中に足を踏み出した。

雨の冷たさは、アビゲイルが子供のころ日常的にかけられていたシャワーと変わらなかった。波が岸を洗う。遠くの空で雷鳴がとどろいた。

嵐は濡れていて、美しく、荒れ狂っていた。ロバートが自分に与えてくれる感覚と同じだ。

胸を揺らし、幼い姪っ子たちのような笑い声をあげながら、アビゲイルは浜辺に続く小道を駆け下りた。足の指の間でぐちゃりとする泥と、裸の肌に打ちつける雨の感触に心が躍る。ロバートも、青ざめ、かわいそうなくらいしなびたものを揺らして、少し年上の少年のようにアビゲイルのあとを追った。

アビゲイルは意気揚々と、白波の立つイギリス海峡にたどり着いた。それはあまりに魅力的な光景だった。アビゲイルはしゃがみ込み、ひざにまとわりつく水に両手を入れた。

「コーリー大佐、あなたの槍はずいぶん縮んでしまったのね。小魚なら突けそうだけど、海を割るのはとても無理よ」

そう言うと、ロバートに水をかけた。

ロバートもアビゲイルを追って渦巻く海に飛び込んだ。

「アビゲイル、私は以前から、女性の中を塩水で洗うところを空想していたんだよ」

そう言うなり前に進み出て、アビゲイルを波の中に組み伏せようとした。

もちろん遊びだ。ロバートが本気を出せば、一瞬でアビゲイルを水際に倒せることくらい、二人ともわかっていた。けれど、濡れてすべる体をこすり合わせているうちに、アビゲイルはロバートに中に何を入れられても構わない気持ちになった。遊び仲間ではなく恋人のように手を伸ばしたとき、彼が背後に脚をかけたので、アビゲイルはつまずいた。ロバートはアビゲイルの体を受け止め、水面に向かって仰向けに倒した。

「アビゲイル、海を割るのがどうとか言っていたよな?」低い声でからかうように言う。

ばかばかしかった。楽しかった。この二二年間のロバートの人生は消え去り、少々大人びた子供が二人、浜辺で戯れているようだった。

アビゲイルの笑い声が、波頭と、波が立てる水しぶきと、絶え間なく打ちつける雨に負けずに響いた。もう少しで、馬のいななきと必死の叫び声までかき消すところだった。

「ミス・アビゲイル！　ミス・アビゲイル！　どこにいらっしゃるんですか？　ミス・アビゲイル！」

アビゲイルは両手で口を覆った。そして、身をよじってロバートの手から抜け出し、もっと大事な部分を隠した。

「ロバート！　ミスター・トーマスだわ！　ロバート！　服はコテージの中よ。ロバート、私たち、裸だわ！」

6

アビゲイルは左腕で胸を隠し、右手で下腹部を覆っていた。海の女神のように魅惑的な姿だ。そして、社交界デビューしたばかりの処女のように堅苦しい。ロバートはミスター・トーマスなる男を殴り飛ばしたくなった。その男のせいで、自分の体と空想をさらけ出してくれた最高に官能的な女性が、人生で一度も男を必要としたことも、欲望の対象としたこともないような顔をした女性に変わってしまったのだ。

あっけない幕切れだった。もっと時間が必要だったのに。もっと……。

「ミス・アビゲイル！」男はコテージから浜辺に続く小道を下り始めた。肩が縮こまり、足取りがおぼつかないところを見ると、かなり年輩のようだ。「そこにいらっしゃるんですか？　ミス・アビゲイル――」

アビゲイルが振り向き、背後の危険な波の中に飛び込もうとしているのが見えた。「じっとしていろ。私が話をつける」

アビゲイルが慎みの名の下に海に溺れるというばかげたことをしでかす前に、ロバートはぬかるんだ小道を足早に進み、下りてくる管理人の前に立ちふさがった。

「おい、止まれ。妻と私はちょっとお見せできない状態にあるんだ。アビゲイル――」

「あれがミス・アビゲイルだって証拠がどこにある？」鳥に似た小さな目が、ロバートの肩の向こうを疑わしげに見つめた。「あんたと、あそこにいるあんたの情婦が、ミス・アビゲイルを危険な目に遭わせたのかもしれない」

アビゲイルを情婦呼ばわりされ、ロバートの背筋を怒りの炎が駆け抜けた。体を打ちつける雨のことは頭から吹き飛んだ。

祖父ほどの年齢の男性の前に裸で立っていることも、頭から吹き飛んだ。

頭に残っているのはただ、この男が口にした侮辱の言葉だけだった。

「あれはミス・アビゲイルだと言っただろう」ロバートは冷ややかに言い放っ

た。「だから、後悔したくなければ、視線は別の方向に向けることだ」

年老いた管理人は後ろめたそうに両肩の間に首を引っ込めた。雨合羽に水が流れる。「ミス・アビゲイルはご亭主のことは何もおっしゃっていなかった」

「私は陸軍の休暇中でね。私の……妻は、私が来ることを知らなかったんだ。君は夫婦の再会をじゃましているというわけだよ。だから、早く行ってくれ！」

「確かに、ご亭主がいないとも言ってはいなかったが」ミスター・トーマスはロバートの左肩の向こうに目をやり、荒れ狂う空を見たあと、右肩の向こうに視線を移し、裸体は決して見なかった。「ただ、必要なのはご自分の――」

「状況は説明しただろう。費用のことを心配しているんなら、余計にかかった分はちゃんと払うから」

「家内は料理も掃除も一人分でいいとしか聞いていない」支払いの申し出に、小さな目が強欲そうにきらめいた。「コテージに食べ物の入ったかごを置いてきた。家内は二人分の食べ物は用意していな――」

「奥さんによろしく伝えてくれ。二人で食べても足りる量を用意してくれたことは、よくわかっているから。では、これにて失礼！」

二人分の支払いをするという意思は伝わったようだ。ミスター・トーマスが餌に食いついて立ち去ったあと、ロバートはほっとため息をついた。振り向くと、アビゲイルの姿が見えた。

その瞬間、腹を蹴られたような気がした。

アビゲイルの髪は、かわうその毛皮のように背中に張りついていた。その下から、白い尻のふくらみがのぞいている。

嵐はまだ続いている。何があろうと、来るべき一夜を台なしにしてはいけない。

ロバートは断固とした足取りでアビゲイルに近づいた。両手で尻を包むと、彼女はきゃっと叫び、跳び上がって振り向いた。両手で顔をはさみ、自分の顔の前に持ち上げると、アビゲイルはため息をついて、ロバートの首に腕を巻きつけてきた。

ロバートはゆっくり、そうっと、雨に濡れた唇のひんやりとなめらかな感触を、開かれた唇の積極的な動きを楽しんだ。二人に打ちつける雨が冷たいのと同じくらい、アビゲイルの口の中は熱い。

「寒いか?」ロバートはつぶやき、彼女の頬に鼻をすり寄せた。肌についた新鮮な雨と海水の塩分、それにいまだ残る汗と性が混じり合った匂いがする。

「ええ」アビゲイルは答えた。

ロバートは硬くなってきた男の部分を彼女の腹に押しつけ、ささやいた。

「私に乗ってくれ」

アビゲイルはすばやく顔を引き、ぎょっとしたように茶色の目を見開いた。

「何ですって?」

ロバートはまたも心の中でミスター・トーマスを罵った。あの老人が現れなければ、アビゲイルもこの提案にぎょっとはしなかったはずだ。

「コテージに戻るんだ」ロバートは向きを変えてひざを折り、アビゲイルに背中を差し出した。「飛び乗って」

ロバートは息を殺して待った。運命の瞬間だ。現実が割り込んできた今、アビゲイルは二人で作り上げた空想の世界を捨て、現実を選ぶのだろうか?

ためらいがちに肩に手がのせられ……柔らかく温かな脚が引っかけられた。

ロバートの心臓はどきんと音をたてたあと、勝利の喜びにふくれ上がった。自分がぶざまで無防備な体勢をとっていることにアビゲイルが思い至る隙を与えず、彼女のひざの裏をつかみ、背中の高い位置に体を引き上げる。

驚くほど強い力でアビゲイルの腕が首に巻きつき、左脚が足場を探した。ロバートは左手を後ろに伸ばしてその脚をつかみ、大きく股を開かせて、両方のひざが自分の腰をしっかりはさむようにした。

アビゲイルの太ももの間の柔らかな部分がロバートの尻に押しつけられた。雨で濡れた肌の上で、アビゲイルが熱く湿っているのがわかる。

ロバートは一瞬、自分が今すぐ絶頂に達してしまうのではないかと思った。彼女を下ろして、泥と雨にまみれながら浜辺で奪ってしまおうかという考えが頭をよぎる。

尻をぴしゃりと打たれ、ロバートははっと我に返った。アビゲイルは震えていた。欲望ではなく、寒さのせいで。「ちゃんと馬になってちょうだい、大佐殿」

アビゲイルはロバートの太もものつけねにかかとを食い込ませ、体を高く引き上げて叫んだ。「そら行け！」

灰色の空に笑い声が響き渡り、アビゲイルは再びロバートに少年時代を返してくれた幼い少女になった。

どうやってコテージまで上ったかは記憶になく、覚えているのはただ、背中と尻にこすりつけられるアビゲイルの感触と、彼女が両脚をロバートの体に巻きつけ、股間の前で両足を組もうとしたせいで、突然〝槍〟にかかとが触れたときのことだけだった。

アビゲイルが背中から這い下りると、ロバートは苦悶にうめきながら、コテージの玄関という安全地帯に向かって崩れ落ちた。目はきつく閉じられ、下腹部は硬くなり、体からまっすぐ突き出している。

柔らかくひんやりした手が、ロバートの筋肉質な前腕に触れた。「ロバート？　大丈夫？　脚が痛いの？」

その声に潜む心配そうな響きに、ロバートは笑えばいいのか泣けばいいのかわからなくなった。今必要なのはアビゲイルの優しさではなく、初めて人を殺したときの苦悩を取り去ってくれた、彼女の情熱なのだ。

「アビゲイル、下を向いて、何が見えるか教えてくれ」

「食べ物のかご」あまりにも無邪気な答えが返ってきた。「お腹がすいているの？」

苦しいながらも笑いそうになり、ロバートは目を開いた。「浜辺の散歩は期待どおりだったか？」

「忘れられない経験になったわ」

ロバートは唇をゆがめた。「ミスター・トーマスも同じだろうな」

ロバートを見上げた茶色の目は真剣そのものだった。まつげは雨のせいで数本ずつくっついている。「あの人に何て言ったの？」

「私たちは夫婦だと」

「でも、私はここを借りるときにはっきりと――」

「陸軍の休暇が思いがけず取れたせいで、君は私が来ることを知らなかったということにした」

「結婚しているとまで言わなくてもよかったのに」

「だって事実だろう。〝腰でつながっている〟んだから」

アビゲイルの茶色の目に笑みが、それまではなかった琥珀色の光がきらめいた。「コーリー大佐、私はあなたと腰でつながっているのではありませんわ」

「ミス・アビゲイル、どこでつながっているのかはよくわかっていますよ」

くっついたまつげが伏せられた。「足が泥だらけじゃない。お風呂に入らないと」

「君が洗ってくれるなら」

「でもロバート、私はお腹がぺこぺこなの」アビゲイルはまつげを上げた。琥珀色の笑いの奥に、温かな欲望がのぞいている。「あなたを洗ってあげていたら、食事ができないわ。それに、実践してみたい空想があるのよ」

小さな浴槽の中の湯は外の雨と同じくらい冷たかった。アビゲイルが床を掃除しようとしゃがみ込み、小ぶりの胸が垂れるのを見て、ロバートは奇妙な幸福感を覚えた。アビゲイルが向きを変え、床をこすりながら後ろ向きに浴槽に近づいていくと、心臓が止まるのではないかと思った。

「ミス・アビゲイル、あなたのお尻は丸い。脚の間には繊細なピンク色の唇がついていて、そのまわりを濡れた茶色の縮れ毛が覆っている」

アビゲイルはぴくりと反応した。

立ち上がり、向きを変えて浴槽の反対側に回る。そっぽを向く前、彼女の顔はロバートがさっき言った唇と同じピンク色に染まっていた。「コーリー大佐、あなたのお尻はへこんでいます。それに、毛に覆われた……玉をお持ちね」

「ミス・アビゲイル、お互い《ティット・フォー・タット》に比べっこしませんか？」

アビゲイルは振り向いてロバートにタオルを差し出した。「それは違いますわ、コーリー大佐。あなたについているのは乳首《ティット》、私についているのはあそこ《トワット》です」

ロバートは目をきらめかせて笑いながら、差し出されたタオルを受け取って、片足ずつ浴槽から出て体を拭いた。次に、アビゲイルの髪から肩、胸、腰と拭いていき、ほっそりした上品な足まで下りていった。

「食事の時間だ」ロバートは太ももの合わせ目に向かってささやき、湿った茶色の縮れ毛にわざと息を吹きかけるようにした。

アビゲイルの脚が震えた。

ロバートはにっこりして、勢いよく立ち上がった。「今回は本物の食べ物ですよ、ミス・アビゲイル。さらなる空想を満足させるためには、力をつけておかないと」

軍用食に慣れているロバートにとって、かごの中身は紛れもなくごちそうだった。冷製マトン。チーズ。固ゆで卵。まだオーブンの熱が残ったパンの塊。

二人では食べきれないほどの量があった。

アビゲイルの食べ方は上品だったが、食欲は旺盛だった。やがて目がとろんとしてきたのがわかったので、ロバートは食べ物を片づけ、彼女をベッドに運んでいった。

女性と一緒に眠ったのは、アビゲイルが初めてだった。女性の背骨が自分の腹に沿って曲がり、平らになった下腹部に尻が寄り添うことの素朴な喜びも、これまでは知らなかった。何もせず、ただ女性を腕に抱くことでこれほどの近しさを感じられるとは、想像もしていなかった。

アビゲイルという現実は、ロバートの空想を凌駕していた。

ロバートはため息をつき、彼女の湿った髪に顔をうずめた。

大砲の轟音に、ロバートは目を覚ました。

あろうことか、戦いの最中に眠ってしまったらしい。ぐったりした体が、自分の体にぴたりと寄り添っている。死体だ。すでに原住民に服をはぎ取られているが、体温はまだある。

胸をどきどきさせながら、ロバートはライフル銃の台尻に手をかけた……つもりが、手は柔らかな肉にめり込んだ。

そして、思い出した。

嵐のこと。自分を外に駆り立てた、燃え立つような欲求のこと。コテージの明かりと、アビゲイルという名の女性のこと。

わしづかみにしてしまった胸を、ロバートは優しくさすった。

アビゲイルが身動きした。「ロバート？」

「アビゲイル、どうして君はこんなところにいるんだ？」

くったりしていた背筋がこわばった。

ロバートはアビゲイルを逃がすまいと、自分の体の曲線にさらに強く押しつけ、あごを彼女の頭の上にのせた。「話してくれ」

「言ったでしょう」アビゲイルの心臓が、ロバートの手のひらの上で跳ねた。

「あと三週間で三〇歳になるの」

「世界を見渡せば、毎秒のようにどこかの女性が三〇歳になっているよ」

「でも、その全員がオールドミスというわけではないわ」

「アビゲイル、それは君が選んだ道だろう」

「でもロバート、私はオールドミスになりたくはないの」絶え間なく打ちつける雨音の中、ロバートはアビゲイルの声を聞き取ろうと耳をすました。「兄と姉たちの間をたらい回しになんかされたくない。一人ぼっちにもなりたくない」

その声に潜む痛みに意識をそらされないよう、ロバートは気を引き締めた。

「それで、君が本だけをお供に、こんなところに来ている理由は？」アビゲイルという謎を解く決意を胸に、ロバートはなおもたずねた。

しばらくの間、答えが返ってくることはなさそうに思えたが、やがて……。

アビゲイルはため息をついた。「さよならを言いに来たの」

ロバートの中に恐怖が湧き出した。死が——今回は自分ではなく、アビゲイルの死が頭に浮かぶ。だが、即座にその想像を脇に押しやった。「さよならを言うって、誰に？」

「私の夢によ、ロバート。決して手に入らないものを求めるのに疲れてしまったの。本と雑誌を持ってきたのは、ここに置いて帰るため。これがなければ、私も……少しは心の平穏が得られるかもしれないと思って」

〝平穏〟

平穏というのは、ロバートのようなベテラン兵士が求めるものであって、死に直面し、そのうえで生を選んだ経験のない、育ちのいい淑女が求めるものではない。けれど、寂しさは同じなのだ。社会を束ねる決まり事からはみ出す人間は、絶対的な孤独という代償を支払わなければならない。ロバートは人を殺してきた——任務の名の下に。アビゲイルは欲望のままに禁断の官能本を楽しんできた——人目をはばかって。そして、兄と姉たちの間をたらい回しにされ……。

「ご両親はどうした？」

「亡くなったわ。兄が一人、姉が三人いて、四人とも大好きよ。でも、私はいまだにオールドミスの妹。しかも末っ子だから、みんなが私にとって最善の道を示そうとしてくるの」

ロバートは優しくなぐさめるようにアビゲイルの乳首をこすった。「これは違うよな」

「ええ」笑いがにじみ、彼女の声は明るくなった。「本の詰まったトランクを見つけたら、ウィリアムは卒中の発作で死んでしまうと思うわ」

「お兄さんとお姉さんたちのことを聞かせてくれ」

アビゲイルはロバートの手に自分の手を重ねた。「兄と姉たちのおかげで、私は二一人の甥と姪に恵まれているわ。兄も姉たちも、女性の幸せは結婚にあると信じている。いえ、家族を持つことに、と言ったほうがいいわね。夫、あるいは妻という存在は、子供を作るために耐えなければならない試練だと考えているの。あなたの言うとおり、私は自分でオールドミスという道を選んだわ。だけど最近、兄と姉たちには最初からその選択肢がなかっただけなのかもしれないと思うの。兄たちにしょっちゅう、条件は申し分ないけど恐ろしく退屈な殿方を紹介されてはぎょっとしているのだけど、もしかしたらその中の誰かと一緒になるほうが、一人でいるよりはましなのかもしれないわ」

ロバートが嫉妬する筋合いなどない。けれど、嫉妬した。猛烈に。

「尻がぶよぶよで、頬ひげを生やした男と結婚するのか？」ロバートはがなりたてた。「ピアノに布をかぶせるような男と？」アビゲイルの乳首をつまむ。

「ここが硬くなるといけないからという理由で？」

アビゲイルはロバートの手をつかみ、小さく笑った。「おやめになって、コーリー大佐。私の考えが間違っていたことはよくわかったわ。それで、あなたは？ ご家族はいるの？」

ロバートが答えを返したのは、ほっとしたからかもしれない。くったりしたアビゲイルの体が自分の体と溶け合い、彼女の笑い声が闇を追い散らしたからかもしれない。あるいはただ、こんなにも積極的に体をさらけ出してくれる女性になら、自分も過去をさらけ出せると思ったからかもしれない。

「兄弟が五人、姉妹が五人いる」

「ご兄弟も陸軍にいらっしゃるの？」

「いや」やめたほうがいい、とロバートは自分をたしなめた。アビゲイルは淑女なのだ。任務の名の下に人を殺すことは受け入れてくれたが、それとこれとは話が違う。空想の男が卑しい生まれであることなど知りたいはずがない。ところが、言葉は勝手にこぼれ出た。「兄弟は親父の跡を継いでいる」

「お父さまはお元気なの？」

「ぴんぴんしているよ」

「どうしてあなたが陸軍に入るのをお止めにならなかったのかしら？」

憤慨したようなアビゲイルの声に、ロバートは笑みをもらした。「食わせなきゃならない人間が一人減ると思ったんだろう。だが、君は責める相手を間違えている。私はいったんこうすると決めたら、人の意見には耳を貸さない性格なんだ」

「それで、お父さまは何をされている方なの？」

ロバートは身をこわばらせたが、今さら嘘をつくわけにもいかない。「露天商人だ。アイスクリームを売っている」

ロバートの出自を知ったアビゲイルは、愛の営みに対するのと同様、予想外の反応を見せた。

「まあ、アイスクリームは大好きよ！」海で遊んでいたあの少女に戻ったかのように、熱っぽい口調で言う。「いちばん好きなのはいちごアイス」

「アビゲイル、悪いことは言わない。食べるならレモンアイスかバニラアイスにしておけ。いちごはやめたほうがいい」

「どうして？」

「いちごアイスに、いちごは入っていないんだ」

「嘘、入っているわ」暗闇で響くアビゲイルの声は、愛おしいほどに大まじめだった。「もちろん、丸ごとは入っていないけど。細かく砕かれたものが混ざっているのよ」

「アビゲイル、あれはいちごじゃないんだ」ロバートはしかめっつらでささやいた。

「では、何なの？」アビゲイルは厳しい口調でたずねた。

「コチニール色素だ」

「それって……カイガラムシから作った着色料のことね？」

「そう……カイガラムシだ」

自分が虫を食べていたという事実を、アビゲイルが受け入れようとしているのが伝わってきた。最初は身をこわばらせていたが、今さら具合が悪くなるはずもないと気づいたらしく、体の力が抜けていく。最終的に、彼女は言った。

「あなたが一三歳のとき陸軍に入ったのは、それが理由？」

ロバートは苦笑いを浮かべた。「虫を食べるくらい、ロンドンの路上ではたいしたことではない。殺されそうになったり、儲けを奪われそうになったりするのはしょっちゅうだし、そもそもアイスクリームを作って売ること自体が重労働なんだ。仕事は朝の四時に始まって、夜の七時まで続く。私が陸軍に入ったのはそれが理由だ」

そして、危険にさらされる日数は路上よりずっと増え、危険の度合いもはるかに増した。

「人生をやり直せるなら、また同じ道を選ぶ？」

そうなると、アビゲイルにも、この嵐にも出会えない。

「わからない」

「このあと軍隊に戻るの？」

ロバートはアビゲイルの胸を優しくもんだ。「わからない」

雨の降る様子と音が、心を落ち着かせてくれた。ずきずきするほど高ぶるものを抱えながら、女性の体を抱いているだけで満足できるなど、思いも寄らないことだった。雨がやまないよう祈る日が来るなど、想像もしていなかった。戦場では、冷たい雨とぬかるんだ足元は死の前兆となる。ところが、ここイギリスでは、雨はアビゲイルと……生の実感をもたらしてくれた。

「ロバート」

「ん？」

「あなたの空想をかなえてあげたいわ」

ロバートはアビゲイルの髪のぬくもりを吸い込んだ。「もうかなえてくれているよ」

「まさか」

「君の空想をかなえさせてくれたじゃないか」

「でもロバート、私はあなたの空想の女性になりたいの」アビゲイルは背後に手を伸ばし、腫れ上がったロバートの一部を握った。「あなたが空想の中で女性に与えているものをすべて、私に与えてほしいの」

ロバートはわざとそっけなくアビゲイルの手をつかんだ。「言っただろう。私は女性に何かをしてもらう空想はしないんだ」

アビゲイルは引き下がらなかった。「ねえ、女性に何をするの？　教えて、ロバート……あなたが何を求めているのかを。私、あなたの空想の女性になりたいの。戦いが始まる前、私たちは何をするの？」

「アビゲイル、君は食事の前に、実践してみたい空想があると言っていたね」

「ロバート、これがそうなのよ。あなたの空想になること」

何ということか。それはロバートの空想でもあった。

急に鼓動が高まるのを覚えながら、ロバートはさらにぴったりとアビゲイルに体を押しつけて、胸を彼女の背中に沿わせ、丸い尻を自分の平らな腹に押し当て、太ももの頂のつややかな毛を手で覆った。「こうするんだ」

アビゲイルの体は期待に張りつめた。「それから？」

ロバートはつややかな毛をかき分け、中に潜む言いようもなく柔らかな肉に触れた。「脚を開いて」

アビゲイルの反応のすばやさに、ロバートはいらだち混じりの満足感を覚え、彼女の髪の上で笑みをもらしながら、下の唇の合わせ目に指を差し入れた。小さな峡谷の中で、彼女は熱く濡れていた。柔らかな唇をまとわりつかせながら、指を優しく前後に動かす。陰核の上でたっぷり時間を取ってからすべり下り、自分が作り出した小さな入り口を一瞬だけつついたあと、再び頭巾をかぶった陰核に向かった。

「死と死の予感に疲れ果てた、一人きりの晩」ロバートはアビゲイルの髪に向かってぶっきらぼうに言った。「私は空想の中で、自分が感じるのと同じように感じてくれる女性を抱く。私のほうも、相手が感じるのと同じように感じるんだ」

ロバートは手を引き上げた。湿った丘を越え、三角形の柔らかな毛を通り過ぎ、腹を横切る。

アビゲイルは不満げに体をよじった。「ロバート、あなたは今、その女性を感じていたのに」

ロバートは短く笑い声をあげた。アビゲイルが即座に受け入れてくれたことで、自信が強まった。ロバートは彼女の肩をつねったあと、二人の間に手を入れ、腰をなぞり、尻までくると、丸くふくらんだ二つの丘の間に指を差し入れた。

アビゲイルは脚を閉じた。

ロバートは熱く濡れた部分の上で、指先を小刻みに動かした。「アビゲイル、もう一度その女性を感じたい。脚を開いてくれ……大きく。右足の裏をベッドにつけて――」アビゲイルの太ももの線をなぞり、脚の位置を調整する。「そうだ。これで、私のために大きく開いた」

「ロバート、それがあなたの空想なの？　自分のために女性を大きく開かせることが？」

「ああ」ロバートはアビゲイルの濡れたところを、ぴたりとくっついた唇を愛撫し、こすって、準備を整えていった。「大きく開くんだ。手を出して」

「どうして？」

「言っただろう、空想の女性には、私が感じるのと同じように感じてほしいんだ。だから、手を出して」

けれど、アビゲイルは手を出さなかった。そこで、ロバートのほうから手を取った。

　その手を彼女自身の太ももの間に導いていくと、アビゲイルはかすかに抵抗した。

「戦いの前に、私が空想の女性と何をするのかときいただろう。これもその一部だ。その女性になってくれ。私が君を感じるのと同じように、自分を感じてくれ。つやつやと濡れたここを――」つながれた二人の手は、花びらのように柔らかな唇をこすっているうちに、彼女のエキスでぬめりを帯びていった。

「固く締まった内側の通路を」

　絡み合った指で、ぬるりとした唇をそっと開く。少しずつ、ほんの少しずつ、アビゲイルのそこは広がり、二人の指を受け入れていった。

　アビゲイルは息をのんだ。「ロバート――」

「アビゲイル、何を感じる?」

「あなたを……あなたの指を感じる――」

「君の指もだ」ロバートはいや増す欲望を抑えつけた。「私たちの指だ。君の内側の皮膚は柔らかくて、濡れた絹のようだ。私は今君を触っているように、ほかの女性を触ったことはないよ。わかるか？　私は君の中に入ったとき、こういうふうに感じているんだ。こうやって私が指を入れたら、筋肉の力を抜いて、そこを広げてくれ。私自身が中に入ったときのように。それから、私が指を抜いていったら、できるだけ強く、ぎゅっと指を締めつけて……」安全なコテージの温かなベッドが、ぬかるんだ戦場の泥まみれの湿った寝袋に変わっていく気がして、ロバートはさらさらした彼女の髪の匂いを吸い込んだ。「アビゲイル、私が感じるのと同じように感じてほしい。君の中がどんなに熱くて濡れてきついか、感じてほしいんだ」

私の痛みを感じてくれ。

誰かと分け合わないと、とても耐えられそうにないから。

あごにアビゲイルの髪がまとわりついた。「ロバート、次はどうすればいいの？」

「うつ伏せに寝てくれ。それから、ひざをついて下半身を持ち上げ、頭は枕につけるんだ」

マットレスが動く音に、アビゲイルが体勢を整えたのがわかった。

ロバートは尻を宙に突き出した黒い人影を見下ろし、背後にひざまずいた。軽く、うやうやしく彼女のそこに触れると、アビゲイルの体がこわばった。

「アビゲイル、力を抜いて。これも空想の一部なんだ」

ロバートはつるりと中指を入れた。

アビゲイルはあえいだ。

ロバートもあえいだ。声が欲望にかすれる。「アビゲイル、私を受け入れてくれるか？」

返ってきたアビゲイルの声も、同じくらいかすれていた。「受け入れるわ、ロバート」

ロバートは身をかがめ、突き出されたアビゲイルの尻にキスをした。彼女の外側の皮膚は張りつめていてひんやりとし、内側は柔らかくて熱い。ロバートはアビゲイルの両脚の間でベッドにひざをつき、彼女のそこに自分自身を繰り返しこすりつけた。一周ごとに押しつける強さを増していくと、やがてそこが花開くのが感じられ、気がつくとロバートは中に入っていた。

ロバートは深く息を吸い込み、そのままじっとしていた。彼女の内側が握りしめるように、強く締めつけてくる。柔らかな尻のふくらみが震えるのが、ロバートの股間に伝わった。

あまりに強い感情が押し寄せ、ロバートは一瞬、精力を失いそうになった。

情欲。優しさ。

思いきり強く、深く突いて、彼女に悲鳴をあげさせたい。涙が乾き、もう二度と孤独を感じなくてすむまで、彼女を抱いていたい。

ロバートは手を伸ばし、アビゲイルの背筋をうなじまでなぞり上げてから、今度は逆方向になぞり返し、自分が根元までうずもれている場所に戻ってきた。

アビゲイルは背を弓なりにし、ロバートをさらに奥深くに引きずり込んだ。

ロバートはアビゲイルに覆いかぶさると、左手で胸をつかみ、枕を丸めて握っている右のこぶしを、右手でつかんだ。「アビゲイル、私たち二人を感じてくれ」

アビゲイルの指を自分の指に絡め、つながった手を容赦なく引いて、彼女の太ももの頂に置く。「脚を開いて」

脚が開かれると、ロバートはさらに奥深くに沈んだ。「だめだ、手を引っ込めるな。ここだ」ふくれあがった陰核を探り当て、絡めた指を前後に動かす。

「ロバート……ロバート……あなたを感じる――」

「ああ、すごい」

慎重に、だが有無を言わさず、ロバートは絡み合った指を動かし続けた。同時に別の場所でも前後運動を続けるうち、やがて二人はリズムをつかんだ。

こんなふうにアビゲイルを手に入れることの喜びは、ロバートの想像をはるかに上回るものだった。死にゆく人間のように、さまざまな思いや光景が目の前に浮かんでは消える。

山の上に昇り、砂を血の色に染めるインドの太陽。セポイの体に刺さって震える、真っ赤な染みのついた太鼓のばち。ロバートが語った二二年前の話に、アビゲイルが流した涙。〝女性の中で我を失う感覚を知らずに死んでいくのはまっぴらだと思っている自分に気づいたんだ〟という自分の声。〝さよならを言いに来たの〟というアビゲイルの声。

〝さよならを言うって、誰に？〟

〝私の夢によ、ロバート〟

突然アビゲイルの体が締まり、ロバート自身を圧迫した。「ああ、だめ、ロバート」その声は苦悶に満ちていた。「もう無理。ロバート、ロバート――」

「アビゲイル、約束してくれ」暗闇に響いたのが自分の声であることに、ロバートはかろうじて気づいた。獣のようなうなり声に、苦しげなあえぎ声と、アビゲイルの肌に自分の肌が打ちつけられる音が混じり、口笛のようなセポイの呼吸音が峡谷にこだまする。

「ロバート、お願い――」

「空想と官能本を手放せば、君はありきたりの淑女になってしまう。昨日の晩から今日にかけてのような時を、私たちが過ごすこともなかっただろう。今、こんなこともしていないはずだ。そのすべてを、君は捨ててしまうのか？」

「いいえ、絶対に！」アビゲイルはあえいだ。この人は私のものだ、とロバートは思った。ここにすべてを捨てに来たのだとアビゲイルは言うが、そのすべてに自分は救われたのだから、捨てさせるわけにはいかない。

「夢を捨てないと約束してくれ！」

「ええ、もちろんよ。約束するから、ロバート――」

「じゃあ、いってくれ」ロバートは歯を食いしばった。「アビゲイル、私が今まで生きてこられたのはこのため、この夢のためなんだ。いくところを見せてくれ。君がいくときに私が感じるのと同じことを、君にも感じてほしい。いくんだ、今すぐに」

ロバートは指と自分自身でアビゲイルを満たし続けた。もっと速く、もっと強く、もっと深く突いているうち、ついにアビゲイルもロバートもなくなり、ただ一つの体、一つの鼓動となって、二人が結びついている一点に集約されていった。突然、アビゲイルの全身が開き、ロバートをさらに深く、人間の限界を超えたと思えるほど深くのみ込んだあと、絶頂を迎えて収縮した。彼女の筋肉に自分自身を締めつけられ、やがてロバートは押し殺したうめき声をもらしながら、彼女のうなじに顔をうずめ、徹底的に頂点に上りつめた。

嵐はロバートの人生に、取り返しのつかない変化をもたらした。

アビゲイルはロバートの痛みを引き受け、胸を引き裂かんばかりの喜びに変えてくれた。

彼女のおかげで、ロバートは魂を取り戻すことができた。

7

目覚めたアビゲイルを、温かな記憶の洪水が襲った。

脚の間に口づけをするロバート。二人が一つになったのかと思えるほど深く体をうずめてくるロバート。舌で感じるロバートの味。その味を本人に味わわせたときの、ロバートの驚いた声。『ザ・パール』を音読する自分の前にひざまずくロバート。脈打つロバート自身と、そのまわりで同じく痛いほどの欲求に脈打つ自分の体。

そんなことを思い出せば、恥じ入るのがふつうだろう。アビゲイルも結局のところ、人間の性行為にはしかるべき嫌悪感を抱くよう育てられた、一九世紀の現代女性の一人なのだから。恥じ入りはしないまでも、気まずい思いくらいはするはずだ。

けれど、そうはならなかった。

まず思ったのは、堅物のオールドミスにせよ、育ちのいい淑女にせよ、男を誘惑するみだらな女にせよ、とにかく自分は女なのだということだった。

〝アビゲイル、私を受け入れてくれるか？〟

〝受け入れるわ、ロバート〟

生まれて初めて、アビゲイルは官能本に感謝した。ロバートに過去を忘れさせることに今後の人生を費やすなら、できる限り知識を蓄えておく必要があるだろう。

ほほ笑みながら、アビゲイルは手を伸ばした。

触れたのは冷たいシーツだった。隣でロバートが寝ていた場所に、わずかにしわが寄っている。

嵐はやんでいた。

現実が鋭く割り込んできた。ロバートが情熱に任せて言った言葉、ついでのように言った言葉が。

〝嵐が続く間は、〝アビゲイル〟と〝ロバート〟の仲になりましょう〟

〝嵐が続く限り、君の体も、欲求も、空想も、君のすべてが私のものだ〟

〝嵐が続く間は、私の女なんだ〟

アビゲイルはベッドの上で体を起こした。ばかげていると思いながらも、期待せずにはいられなかった。ロバートは湯に浸かっているのかもしれない。ストーブの前にしゃがんで薪をくべているのかもしれない。何でもいい。でもお願いだから、もうここにはいないなんて言わないで。

だが、実際には死角になる場所などない。コテージは空っぽだった。ストーブのそばの椅子に掛かっていたロバートの衣類もなくなっている。代わりに、色あせた緑のドレスと、白い絹のドロワーズが掛けられていた。

コテージに降り注ぐ太陽の光に、アビゲイルは目を閉じた。

嵐とともに、ロバートも行ってしまった。

とたんに、自分と彼の匂いのするシーツに耐えられなくなった。ベッドから這い下りたアビゲイルは、体の中に残る感触に顔をしかめた。

痛かった。脚の間が。胸が。腰が。ロバートに触れられたところは、どこもかしこも痛かった。

そのうえ、コテージの至るところに彼の痕跡が残っていた。ストーブで燃える火。流しのそばの床に置かれた浴槽。窓をふさぐ戸棚。床に落ちた『ザ・パール』。

どうして私を置き去りにしたの？

約束したのに！　私は決して捨てないと……。

自分の夢を。

コテージの外で馬がいななき、手綱がじゃらじゃらと音をたてた。

ロバートだ。

アビゲイルは胸を高鳴らせ、ドアに駆け寄った。

髪がぼさぼさに乱れ、背中でもつれていることなど気にならなかった。あと二週間と五日で三〇歳になることも。

気になるのはただ、ロバートは行ってしまったのではなかったという事実のみだ。

馬に振り落とされたのだと、彼は言っていた。だから任務を帯びた兵士としてコテージを出て、馬を探し、ついに発見したのだろう……。

「ミス・アビゲイル、入っても大丈夫ですか？　お掃除にうかがいました。あなたと旦那さまの分のお食事もお持ちしています」

弾丸で撃たれたような気がした。

あるいは、太鼓のばちで刺されたような。

ロバートは、人を殺してきたと言った。そして、これからも殺すだろうと。

彼は言葉どおりのことをしたのだ。

ただ、今回は自分が殺した相手の目に浮かぶ驚きの色を、目の当たりにせずにすんだ。

ドアの向こうで、波が優しく浜辺を洗う音が聞こえた。上空で、孤独なかもめが金切り声をあげる。

アビゲイルは背筋を伸ばし、返事をした。「ミセス・トーマス、少しだけ待ってちょうだい。私――」

襲いかかる真実に、アビゲイルは目を閉じた。

自分は情熱の二晩を過ごしたが、これでもう終わりなのだ。

古い人生からは足を洗い、新たな人生に踏み出さなければならないのだ。

アビゲイルは大急ぎで、ここに到着したときに身につけていた衣類を揃えた。腰当て《バッスル》、コルセット、シュミーズ、ペティコート、ストッキング、ガーター、ドレス。涙。

涙は大きな雨粒のように、ベッドの上に落ちた。

アビゲイルは頬を拭った。泣くなんておかしい。人は嵐の夜の空想を悼んだりはしない。アビゲイルはバケツいっぱいに冷たい水を汲み、ロバート・コーリーの痕跡を取り去る準備を始めた。

爪先立ちで腰を落とし、開いた太ももの間にもつれた髪を――ロバートがといてくれると約束してくれた髪を垂らしている自分のまぬけぶりに気づき、アビゲイルは愕然とした。その滑稽さが、どういうわけかとどめとなった。

いったん涙があふれ出すと、自分がその中で溺れ死ぬのではないかと思った。淑女が指を入れることがあってはならない場所を指で洗いながら、アビゲイルは静かに涙を流し続けた。まるで、自分にはその権利があるとでも思っているように。

まるで、ロバートが嵐の間だけ続く関係以上のものを約束してくれたかのように。

その関係も、アビゲイルが提案したものなのだ。ロバートに過去を忘れさせるために。自分が未来を忘れられるように。けれど、嵐がやめば、ロバートは連隊に戻るしかない。アビゲイルも、現実味のない空想を忘れる時が来たのだ。

そのとき、コテージのドアが開いた。アビゲイルが顔を上げると、日光と舞い散るほこりに包まれ、ミセス・トーマスが戸口に立っていた。「大丈夫ですよ、かわいい方。男というのはいつだって、あたしたち女を食いものにするものなんです。亭主にも、ミス・アビゲイルを嵐の中に一人残してくるなんてどういうことだって言ったんですけどね。でも、これからはあたしと亭主がお世話しますから」

止まりそうにない涙は無視し、アビゲイルは流しの脇のタオルをつかんで体に巻きつけた。そして、これは女主人の入浴中にうっかりメイドが入ってきた程度のことで、それ以外の不都合はないのだという顔をした。「ありがとう、ミセス・トーマス。心配はいらないわ。私、ロンドンに戻ることにしたの。家族も待っているし。それで、荷造りを手伝ってもらえると助かるんだけど。そのあと、鉄道の駅まで馬車で送ってちょうだい」

「二時間後に出る列車があります」ミセス・トーマスの顔には同情の念があふれていた。正統な道からさまよい出たオールドミスの淑女が、立派な既婚女性から向けられる表情としては、驚きや非難よりもはるかに心滅入るものだった。ミセス・トーマスは乱れたベッドからシュミーズを拾い上げた。「時間はたっぷりありますよ。焼きたての十字パンを一皿と、新しいバターの壺を――」

「お腹はすいていないの」アビゲイルは口をはさんだ。「でも、ありがとう」妙に堂々とした態度で、アビゲイルはシュミーズを受け取った。タオルを外す段になると、ミセス・トーマスは後ろを向いた。

「もちろん、お代は払うわ」アビゲイルはシュミーズの襟元から頭を出した。

「だめ!」ミセス・トーマスのまわりで舞うほこりを吹き飛ばさんばかりに、アビゲイルの声が響いた。「それには触らないで!」

しゃがんで雑誌を拾おうとしていたミセス・トーマスが顔を上げた。ロバートが情熱に任せてアビゲイルの手からひったくり、部屋の端に飛ばした雑誌だ。

「それはただ、この休暇のために買ったものなの」アビゲイルは足早にミセス・トーマスに近寄った。「ほら、返してちょうだい」

あっけにとられているミセス・トーマスから雑誌を奪い取る。部屋を横切ってベッドの足元のほうに戻ると、いちばん小さいトランクのふたを開け、『ザ・パール』第一二号を中に入れた。それから、いちばん大きなトランクを開け、レティキュールを取り出して中を探り、大事にしまっていた小さな鍵を探し当てた。いちばん小さいトランクを施錠して鍵をレティキュールに戻し、頬を拭ってから、礼儀正しい笑みを浮かべてミセス・トーマスに向き直る。

「コルセットをつけるのを手伝ってもらえない？」

ミセス・トーマスの言ったとおりだった。着替えと荷造りが終わっても、列車の時間までは余裕があった。アビゲイルがハーフブーツのひもを結ぶ間に、ミセス・トーマスは寝室用便器の処理をし、ベッドからリネンをはがした。二人は協力して浴槽の水を捨て、くたびれた二輪馬車の後ろにトランクを二つ積み込んだ。アビゲイルはハンカチで手の汚れを拭ってから、スカートをたくし上げ、足を高く上げて金属製のステップにのせた。使い古しの革の座席に腰かけると脚の間が痛んだが、その感覚はやけに遠く、自分ではないほかの誰かの痛みのような気がした。

ミセス・トーマスが馬車の脇に立った。「トランクを一つお忘れですよ」

「いいの」アビゲイルはリズミカルに打ちつける馬の尻尾を見つめた。兄が所有する馬と違い、断尾はされていない。椎骨を何本か切るその処置を、アビゲイルはつねづね残酷だと思っていた。「コテージにはもう、私の持ち物は何も残っていないわ」

「でも――」

アビゲイルはレティキュールから一ポンド金貨を取り出し、心配そうにこちらを見上げるミセス・トーマスのしわだらけの顔を見つめた。「ミセス・トーマス、お願いがあるの。ご主人と一緒に、あのトランクを処理してもらえないかしら。あそこに入っているのは、私にはもう何の価値もないものだから」

「承知しました」

ミセス・トーマスはきびすを返し、コテージに入っていった。数分後、昨日ミスター・トーマスが置いていったかごを持って戻ってきた。

駅に続く道は海に沿って曲がりくねっていた。途中、馬車の車輪がひとすべりすれば、崖を越えて眼下の海に落ちてしまいそうな場所を通った。

「止めて！」

ミセス・トーマスは恐る恐る手綱を引き、馬を止めた。アビゲイルはレティキュールに手を入れ、自分の空想のすべてが詰まったトランクの鍵をつかんだ。

この二二年間、夢がロバートを生かしてきたというのは、何と皮肉なことだろう。

夢はアビゲイルに痛みしか与えず、見習うべき人々から孤立させただけだというのに。

自分が何をしようとしているのか、何を捨てようとしているのか、考える隙を与えず、アビゲイルは馬車の中で立ち上がり、できるだけ遠くに鍵を放った。

鍵は一瞬きらりと光り、水の上で弧を描いたあと、姿を消した。空中に。あるいは海の中に。

どちらでも構わない。

今日からはもう、夢を持たずに生きるのだ。

そもそも、この辺鄙なコテージに来たのは、かなうことのない欲望に油を注ぐ官能本にさよならを言うためだった。

アビゲイルは目をつぶって、輝くばかりに澄み渡った空を締め出し、一週間前にはできなかった決断をした。

ロンドンに戻ったら、おせっかいな兄や姉が紹介してくれる男性たちの中で、最初に求婚してくれた相手と結婚するのだ。

「このばか馬め、お前など膠《にかわ》工場に送ってやる」

馬は小さくいななき、肩越しに振り返った。

ようやく、ロバートは端綱をつかむことができた。

二時間の追跡——と三時間の捜索の果てに。

馬の穏やかな茶色の目を見つめると、爪先までとろけそうな感覚に襲われた。

その爪先は、この巨大な獣のせいで水ぶくれだらけになっている。

これから茶色の目を見るたびにアビゲイルを思い出すのなら、そのうち正気を失ってしまいそうだと思い、ロバートはぞっとした。

鞍頭をつかみ、鞍に飛び乗る。

太陽は輝き、空は真っ青で雲一つなく、まさに嵐が過ぎ去った直後であることをうかがわせた。

嵐のこと……そしてアビゲイルのことを思うと、あのとろけそうな感覚が背筋から下半身へと駆け抜けた。今日一日をどう過ごそうかという思いが頭をめぐる。

アビゲイルが官能本を朗読するそばで、足を湯に浸そう。そのあと、約束どおり彼女の髪をとかしてやろう。それから、アビゲイルが許しを請うまで、なめて、吸ってやる。そして……。

そして、アビゲイルに求婚するのだ。解放の瀬戸際に追いつめてから言えば、彼女も断りはしないだろう。

ロバートがコテージに戻ったのは、正午をとうに過ぎてからだった。

わらぶき屋根の煙突から煙が立ち上っていないのを見た時点で、おかしいと思うべきだった。コテージがひどく孤独そうに、陰鬱そうに見えるのには理由があると悟るべきだった。軍人ならば、コテージの外に残された新しい馬車のわだちに注意を払うべきだった。

気づいてはいたのだ。けれど、煙突から煙が出ていないのは、アビゲイルが疲れているせいでストーブの火が絶えたのだと思った。わだちを見たときは、食欲が刺激されただけだった。昨日の晩から何も食べていないのだ。

腹をぐうぐう鳴らしながら、ロバートはコテージに飛び込んだ。

そこはもぬけの殻だった。

ベッドからはマットレスが取り除かれていた。流しのそばの床に浴槽は見当たらない。

一瞬、コテージを間違えたのかと思った。

海岸沿いのコテージはどれもよく似ている。だから別のコテージに……。けれど、窓をふさぐ戸棚には見覚えがある。ベッドの足元のほうには小さなトランクもあった。

アビゲイルは行ってしまったのだ。

ロバートの胸に激痛が走った。息ができない。一瞬、嵐のせいで肺炎にかかったのかと思った。

だが、その痛みは、湧き起こる激しい怒りに押し流された。彼女はこうするつもりだったのだ。ロバートが名を名乗ったときから、彼女はこうするつもりだったのだ。信じられない。ロバートのほうは姓名を告げたのに、アビゲイルはただ〝ミス・アビゲイル〟としか名乗らなかった。あのときすでに、嵐がやめば姿を消すつもりだったのだ。

昨晩あのような時間を分かち合いながら、なぜ私のそばから立ち去ることができる？

ロバートはアビゲイルの喜びを感じた。

アビゲイルはロバートの喜びを感じた。

何ということだろう。彼女はロバートを、ロバートのすべてを——体も、過去も、空想も受け入れてくれたではないか。

ロバートの痛みを引き受け、それを喜びに変えてくれたではないか。

二二年前に太鼓のばちでセポイを殺して以来初めて、ロバートは泣きたくなった。世間知らずだった一三歳のころの自分に戻って、どこに行けば楽に生きられるのかと泣き叫びたかった。

何と愚かだったのだろう。アビゲイルを空想の女性以上の存在にしてしまうなんて。自分の魂の一部にしてしまうなんて。

そのうえ、関係を断ち切るための武器を彼女に与えてしまった。淑女はロンドンの路上で育った男と戯れることはあっても、結婚することはないのだ。アビゲイルが逃げ出したのも無理はない。昨晩、ロバートは彼女に自分を受け入れてくれるかとたずね、彼女は了承した。一人で目を覚ましたアビゲイルが、彼は牧師を呼びに行ったのだと思ってもおかしくない。

ロバートは怒りに任せてトランクのふたを引っぱった。

トランクには鍵がかかっていた。

ロバートはトランクを蹴飛ばした。

爪先の水ぶくれがつぶれた。

ロバートはぴょんぴょん跳ねた。

くそっ、くそっ、くそっ！

やがて理性が戻ってきた。

ロバートは夜明けとともにアビゲイルをコテージに残し、二晩前に自分を放り出したいまいましい馬を探しに出かけた。あのとき彼女は穏やかな満ち足りた様子で、ロバートに体を寄せていた。

アビゲイルが目を覚ます前に馬は見つかると思っていた。ところが、実際には半日仕事になった。

二人は〝あらゆること〟を約束した。嵐が続く間、という条件つきで。

もし自分がアビゲイルだったら、冷たいベッドの上で一人目を覚まし、窓から日の光が降り注いでいるのを見たら、どう考えるだろう？

ああ、何ということだ。どうして彼女の名字をきいておかなかったのだ？

あるいは、もっと大事なこと――住んでいる場所を。

だが、管理人の老夫婦なら知っているはずだ。

三時間後、ようやくトーマス夫妻の居場所が見つかった。ロバートに応対した二人は頑なに沈黙を守った。

「住所はうかがっていません」ミセス・トーマスの年老いた目には、敵意が満ちあふれていた。「私は馬車で鉄道の駅までお送りしただけです」

ロバートは辛抱強くたずねた。「では、名字を教えてくれ。それなら聞いているはずだ」

「それはご亭主のあなたがいちばんよく知っているはずだが」ミスター・トーマスが意地の悪い口調で言った。

まさか老夫婦を殴りつけて情報を引き出すわけにもいかない。あとは駅を当たるしかなかった。

駅は閉まっていた。

ロバートは海沿いのコテージに戻った。

ろうそくを灯し、むき出しになったベッドとその足元のほうに置かれたトランクをじっと見つめる。やがて冷静に、落ち着いて鞍嚢《あんのう》から拳銃を取り出し、トランクを撃って鍵を吹き飛ばした。

そこには、『ザ・パール』第一二号が入っていた。

激しい痛みが胸に広がった。

全身に疲労の波が押し寄せる。

その直後、激しい怒りに襲われた。

トランクをここに置いていくことで、アビゲイルは決意を表明したのだ。行かせてやればいい。冷たい、平坦な現実を選ばせてやればいい。

けれど、どうしてもそうはさせたくなかった。

それほど簡単にアビゲイルを手放してなるものか。自分は兵士、それもかなり腕の立つ兵士なのだ。常日ごろから、育ちのいい淑女よりずっと狡猾な敵を追いつめている。

彼女を見つけ出すのだ。明日が無理なら、あさってに。それが無理なら、その次の日に。

ロバートは雑誌を手に取った。濡れたところが黒いしみになっている。

アビゲイルを見つけ出した暁には……彼女が読んだことのある性行為を一つ残らず実践してやる。彼女が空想したことのあるすべてを。

翌朝、ロバートは完全に理性を取り戻していた。衝動に従い、『ザ・パール』を一二号とも鞍嚢に入れる。

ロバートが馬の手綱を引いたとき、ミスター・トーマスは一匹の豚と、キーキー鳴く一ダースの子豚の世話をしていた。

「ミス・アビゲイルはコテージにトランクを一つ忘れていた。保管しておいてくれれば、あとで私が本人の元に送るよう手配する。とりあえず一ポンド払うから、私を駅まで送ってほしい。あと、戻ってくるまでの間、馬の餌やりと世話もお願いしたいのだが」

ミスター・トーマスは飼料の入ったバケツを、豚小屋に向かってひっくり返した。「ミス・アビゲイルから、あのトランクを捨てるよう頼まれている。保管する必要はない。もちろん、旦那が買い取ってくれるというなら話は別だが……」

ロバートはむっつりした顔で一ポンド金貨をもう一枚取り出した。

「ミセス・トーマスは、ミス・アビゲイルがどこの町で降りると言っていたか覚えていないだろうか？」

鳥のような目がじっと金貨を見つめた。「客の行き先は詮索しない。蝿みたいに入ってきては出ていく、それだけだ」

「では当然、あのコテージの持ち主の名前や住所も知らないんだろうな」ロバートは皮肉めいた口調で言った。

ミスター・トーマスは唇をなめた。「わしらは言われたことをやっているだけだ」

駅に向かう間も、老人はその一点張りだった。

役に立ったのは切符売りのほうだった。その男は淑女に切符を売ったことを覚えていた。「行き先はロンドン駅だったよ。でも、あんまり行きたくなさそうに見えたな。目が真っ赤で……ずっと泣いてたみたいだった。あんたはご亭主かい？」

切符売りが描き出した情景に、ロバートは動揺するまいとこらえた。アビゲイルは自分にすべてを与えておきながら、それを根こそぎ持ち去ったのだ。彼女が自分にもたらした痛みを思えば、涙など安い代償だ。

ロバートは無言のまま、切符を買った。

ロンドンに着くと、辻馬車が手ごろな値段の宿屋に連れていってくれた。父親を手伝ってアイスクリームを売っていたのと同じような、静かな通りに立つ宿屋だ。ロバートは仕立て屋を訪れたあと、捜索を開始した。

アビゲイルが三〇歳の誕生日を迎えるとき、そばで祝ってやれないかもしれないと思うと、気が急いた。

とはいえ、残念ながらロバートは上流社会の一員ではない。それに、高級紳士クラブに所属している将校とも親しくはなかった。

ロンドンに来て三週間が経っても、アビゲイルの行方に関しては、トーマス夫妻を問いただしたときから何の進展もなかった。そんなとき、新聞を手に取ったことで、状況は一変した。

社交欄に彼女の顔が載っていた。

その下に、メルフォード伯爵の妹、レディ・アビゲイル・ウィンフレッドと、チャールズ・タイムズ男爵とレディ・クラリス・デンビー＝タイムズの長男、サー・アンドリュー・タイムズの婚約を伝える文章が綴られていた。

記事によると、結婚式は親族だけの小規模なものになる予定で、七月二七日にメルフォード伯爵のロンドンのタウンハウスで行われるとのことだった。

ロバートは顔から血の気が引いていくのを感じた。

アビゲイルは伯爵の妹だったのだ。官能本の詰まったトランクを見つけたら卒中の発作で死んでしまうという〝ウィリアム〟は、伯爵だったのだ。

アビゲイルが名字を教えてくれなかったのも無理はない。彼女が平民の大佐と関係を持ったことが公になれば、社交界は大騒ぎだろう。

単に上流階級の女性というだけであれば、ロバートも彼女の身分にふさわしい程度の贅沢はさせてやれる。だが、アビゲイルは貴族なのだ。

自分のごとき男に、アビゲイルのような女性にしてやれることは何もない。

ロバートは彼女の婚約者の写真を見つめた。

サー・アンドリュー・タイムズは、ぽっちゃりした頬を縁取るように頬ひげを生やしていた。

この男とアビゲイルの家なら、間違いなくピアノが数台置かれるだろう。

そして、その一台一台に、ひだ飾りのついた布が掛けられるのだ。

〝アビゲイル、私は兵役期間が始まる三カ月も前に、一人目の人間を殺したんだ。以来、人を殺し続けている〟

〝ロバート、それは仕方のないことよ〟

ロバートは手の中でぐしゃりと新聞をつぶした。

二三年前、確かにそれは仕方のないことだったのかもしれない。だが、今は違う。

アビゲイルにひだ飾りつきのピアノは似合わない。

今日は七月二五日。

伯爵のタウンハウスがあと一人、客を迎え入れてくれればいいのだが。

8

アビゲイルは姿見を見つめ、自分は目的を果たしたのだと思った。

白い肌と茶色の目をし、髪を凝った夜会巻きに結い上げたこの淑女は、官能小説は読まない。禁断の空想にもふけらない。

夢は抱かず、自分の務めをまっとうすることだけを考える。伯爵の娘として、現在は妹として、メルフォード家の財産とタイムズ家の財産を結びつけることを。

生まれて初めて、アビゲイルは満足していた。

色白の、表情のない顔には、何の痛みもうかがえない。欲望もない。孤独感もない。

アビゲイルはその状態が気に入っていた。

これまでずっと、そういう女性になりたいと願っていたのだから。

自分を観察して悦に入っていたアビゲイルの耳に、鋭いノック音が飛び込んできた。とたんに、あたりは品よくも騒がしい雰囲気に包まれた。姉たちが入ってきたのだ。真ん中の姉エリザベスがアビゲイルの重い藤鼠色のスカートを引っぱり、流行のふくらんだバッスルの上に広げた。アビゲイルのすぐ上の姉メアリーはレースのハンカチで目尻を押さえ、上品に涙を拭っている。いちばん上の姉ヴィクトリアはアビゲイルを兄の手にゆだねようと、戸口で待っていた。兄はその後、アビゲイルを夫となる男性の手に引き渡すのだ。

この穏やかな状況をじゃまするような荒れた感情を、誰も抱いていないのがいい。

よく晴れた日で、結婚式にはうってつけだった。

ロンドンの朝には珍しく、宙を舞うすすは朝露に抑えられ、太陽が輝く青空には絵のような雲が浮かんでいる。汚れた女性であれば、その雲を荒涼とした灰色の目をした顔や、わらぶき屋根のコテージや、その他のくだらない夢物語と見まがうのかもしれないが、雲というのは、実際には地平線を漂う塵や水分の粒にすぎない。

ヴィクトリアがドアを開け、メアリーとエリザベスを追い払った。ピアノが奏でるかすかな和音が寝室に舞い込んでくる。

旦那さまがお務めを果たす間は、じっと横たわってイギリスのことを考えていなさい、と姉に耳打ちされ、アビゲイルは笑みをもらした。兄がドアから入ってきて、手袋をはめたアビゲイルの手を取った。

「アビゲイル、今日はお前にとって非常に大事な一日だ。サー・タイムズは立派なお方だ。お前に何一つ不自由はさせないだろう。お前も家名を汚すようなことはいっさいしないと信じているよ」

アビゲイルはにっこりした。

もちろん、家名を汚すようなことをするつもりはない。

自分は新しい人生に満足しているのだから。

この結婚を望んでいるのだから。

レディ・アビゲイル・タイムズになりたいのだから。

アビゲイル・ウィンフレッドは三週間と二日前に死んだ。そろそろ亡骸を埋めるときだ。

最後の馬車が幅の狭い高層のタウンハウスを離れたあと、しばらく待ってから、ロバートは丸石の階段を上った。閉ざされた両開きのドアの向こうから、かすかに音楽が聞こえてくる。

鋭いノックに応えてドアを開けた執事をひじで押しのけるという無駄のない動きで、ロバートは中に入った。深紅の礼装に身を包み、飾りではない剣を携えていれば、反撃を恐れる必要はない。

執事は明らかに自分の責務を心得ていたが、それを遂行する気になれないのも明らかだった。「どういったご用件でしょう?」

「新郎の友人だ」ロバートは重々しく言った。

「結婚式はご親族だけで行われることになっています」執事は警戒するような目で、ポマードをつけていない長すぎるこげ茶色の髪を見たあと、きれいにひげを剃られ、イギリスより野蛮な気候と経験を物語る日焼けした顔へと視線を移した。「贈り物でしたら、お預けいただければ必ず——」

ロバートは絹とリボンで包装した箱を高く掲げた。「ありがたいが、この贈り物は自分で渡すよ。持ち場に戻ってくれ。案内はけっこうだ」

黒と白の大理石のしゃれた床に、ロバートの足音がこつこつと響いた。ピアノ音楽とぼそぼそした話し声を頼りに進むと、花の生けられた花瓶が並び、ひだ飾りのついたグランドピアノが置かれた暗い広間にたどり着いた。椅子が何列にも並べられ、間にできた通路の先には白い大理石の暖炉がある。椅子には、地味な色のドレスのスカートを異常にふくらませた女性たちと、きつすぎるカラーと喪服のような黒装束に身を包んで油で髪を後ろになでつけ、頬ひげをたわしのように逆立たせた男性たちが座っていた。大理石の暖炉の横には、からすのような牧師と、智天使のようにぽっちゃりした男性が立っていたが、二人とも同じように髪にポマードをつけ、もじゃもじゃの頬ひげを生やしていた。

タイミングはぴったりだった。ロバートが部屋に入ってすぐ、礼儀正しく期待の表情を浮かべた人々はいっせいに沈黙し、ピアノ奏者は柔らかな和音とともに独奏会を終わらせた。さらさらという絹の音が聞こえたので、ロバートは脇によけた。

アビゲイルだった。

藤鼠色のドレスを、バッスルでテントのようにふくらませている。この上なく具合の悪そうな顔をしているのを見て、ロバートは意地の悪い満足感を覚えた。顔はチョークのように真っ白で、目の下には黒いくまができている。アビゲイルをエスコートする男性は、兄の伯爵なのだろう。妹と身長は同じくらいだが、体重は二〇キロほど重そうだった。やはり髪にポマードをつけ、頬ひげを生やしている。

アビゲイルは背中をがちがちにこわばらせ、誓いを立てるために牧師のほうを向いた。新郎はぶよぶよの尻をしている。そして、新婦より五センチ身長が低かった。

牧師はもったいぶった物憂げな口調で言った。「皆さま、本日お集まりいただいたのは、神の御前で……」

ロバートは壁にもたれ、合図を待った。

「……二人が法に則って結ばれることに異議がおありの方は、この場でお申し立てください。さもなくば、永遠に沈黙を守られますよう」

ロバートは壁から離れ、通路に踏み出した。「異議あり」

藤鼠色の絹に包まれた細い背中はますます硬直した。アビゲイルは振り向こうとして、ドレスの裾に足を取られた。一瞬よろめいたあと、バランスを立て直す。

茶色の目が、錫色の目に絡め取られた。

信じがたいことに、すでに真っ白だった顔がさらに白くなった。そのあと、頬が真っ赤に染まった。

驚いたようなひそひそ声が暗い部屋に響く。

牧師はめがねを下げた。「何ですと?」

「この結婚に異議があると言ったんだ」ロバートはリボンと絹に包まれた箱を掲げた。「理由は、正確に言えば一二ある」

アビゲイルは銀と白の美しい箱の中身に気づいた。彼女が置いていった一二号分の『ザ・パール』だ。

真っ赤に染まっていた顔から血の気が引いた。「ロバート――」

アビゲイルの声を聞いたのは三週間ぶりだった。彼女が去ってから、ロバートを洗礼名で呼んだ者は一人もいなかった。

　あのように冷たい、慇懃な命令口調で、アビゲイルに〝ロバート〟と呼ばれたくはなかった。二人の人間に可能とは思えないほど近しい存在になったあの時間が、まるで嘘のようだ。

　アビゲイルがこの名を、情欲にかすれた声で呼ぶところが聞きたい。あるいは、解放を迎えた瞬間に叫び声で呼ぶところが。

「理由は一二ある」ロバートは繰り返した。「アビゲイル、もし君がこの贈り物を受け取り、そのうえでこの男性と結婚できるというなら、私にとって人生そのものより意味のあったものも、君にとっては嵐のせいで〝どうかしていた〟だけのことだったのだと納得するよ。そして、結婚式をじゃましたことを心から謝る」

「あの男は何者だ？」新郎が片めがねを当て、小皿のように大きくなった目でロバートを見つめた。

　ロバートは新郎を無視した。

「アビゲイル、それから私は、ポケットの中にあと二つ贈り物を用意している。

一つは薬指にはめるものだ。もう一つは、レディ・ポーキンガムのお気に入りの道具だ」

女性たちのひそひそ声に混じり、男性たちがぎょっとしたように息をのむ音が聞こえた。いわゆる〝品格ある〟紳士たちも、『ザ・パール』に出てくる人物の名前を知っているらしい。男性たちの注意が、ロバートからアビゲイルへと移るのがわかる。まなざしは冷ややかだが、そこに熱い好奇心がこもっているのは明らかだ。

アビゲイルの頬は改めて深紅に染まった。顔を打たれたかのように、ぐらりと頭が後ろに傾《かし》ぐ。

「お客さま」執事の声だった。「こちらに来ていただけないでしょうか」

ロバートの視線は揺るがなかった。「アビゲイル、大事なことを言い忘れていた。第一三号も入手したんだ」

執事に三人の従僕が加勢した。手を振り払おうとロバートがもがいたせいで、絹に包まれた箱は床にすべり落ちた。

アビゲイルは黙って見ていた。

何ということだ。彼女はロバートの申し出も、贈り物も受け取るつもりはないのだ。

アビゲイルは本人がなりたいと言っていた淑女のように、潔癖な、超然とした態度でそこに立っていた。

少なくとも目的の一つは果たせたのだから、これでよしとするべきだ。アビゲイルの秘密は暴かれた。

サー・アンドリュー・タイムズは、『ザ・パール』のヒロインとともにその名がささやかれる女性とは結婚しないだろう。

けれど、ひだ飾りのついたピアノとともに歩む人生からアビゲイルを救ったところで、胸をなで下ろす気にはなれなかった。

燃えるような一瞬、ロバートはアビゲイルを憎んだ。

彼女のおかげで取り戻した魂の情熱を込めて、アビゲイルを憎んだ。

アビゲイルはすべてを与えてくれた。彼女はロバートのものなのだ。

ロバートはすでに現役を退いていた。生きるために。彼女とともに。

怒りのおかげで、ロバートは男二人分の力を発揮した……が、三人分は無理だった。

アビゲイルと従僕たち、両方の戦いに負けても、ロバートは彼女から目をそらそうとはしなかった。振り返ってアビゲイルを見ようともがきながら、葬式のように暗い広間から追い出された。そして、タウンハウスのドアがぴしゃりと閉まる音が街路に響く中、左半身に広がる痛みを感じながら、丸石敷きの歩道の上で立ち上がろうとあがいた。

くそっ。

また悪いほうの脚から落ちてしまった。

「ねえ旦那、助けてやるよ。だから半ペンスおくれ」

ロバートは身長一メートル足らずの、五歳にも一五歳にも見える浮浪児を見下ろした。周囲の動きが万華鏡のようにめまぐるしく移り変わる。速歩で駆ける馬、回転する馬車の車輪、商品を売り歩く男――すべてが鮮やかに感じられ、まさに死を目前にしたときのようだ。

「けっこうだ」ロバートは短く言った。一シリング硬貨を出し、少年に放る。全財産をくれてやっても構わないと思った。

死人に金は不要だ。

ロバートはポケットを探り、持ち金を残らず取り出した。

幼くして老け込んだ少年の顔が、貪欲な生命力に輝いた。恐ろしい灰色の目をした軍人の屍の気が変わる前にと、浮浪児は金をつかんで逃げ出した。

突然、タウンハウスのドアが勢いよく開いた。

スローモーションのような動きで、ロバートは振り返った。

絹地とバッスルを小刻みに揺らしながら、アビゲイルが階段を駆け下りてきた。手袋をはめた手には、絹に包まれた箱が抱えられている。彼女の夢が。ロバートの人生が。

アビゲイルは息を切らしていた。「コーリー大佐、贈り物をお忘れですわ」

死ぬというのはさほど痛くはないものなのだな。

生きることもこの程度ですめばいいのに。荒れ果てた心でロバートは思った。

「その贈り物はあなたに差し上げたのですよ、レディ・ウィンフレッド」

「そんなはずはありません、コーリー大佐」アビゲイルははきはきと言った。

「あなたは三つの贈り物をくださると言いましたわ。一つではなくて」

「レディ・ウィンフレッド、どういうことでしょう？」ロバートは硬い声できいた。彼女がサー・アンドリュー・タイムズと一緒にいるところが、あの男が上下に動いている――アビゲイルの中に入っているところが頭に浮かぶ。「つまり、あなたはその贈り物を返しに来たのですか？　それとも、受け取りたいと？」

「コーリー大佐、つまり、私は受け取りたいのです……三つとも」

ロバートは今日初めて、太陽の光がどんなに暖かく、霧とすすに覆われていない空がどれほど澄みきったものであるかに気づいた。

「ということは、レディ・ポーキンガムのお気に入りのおもちゃが何かはご存じなんですね」

アビゲイルは顔を真っ赤にして手を伸ばし、白い手袋に包まれた指でロバートの深紅のズボンの前に軽く触れ、急いで引っ込めた。「ええ、もちろんですわ、コーリー大佐。知っています」

「私は紳士ではない」ロバートは硬い口調で警告した。「金持ちでもない。ただ、それなりの暮らしができるだけの蓄えはある」

「コーリー大佐」ロバートを見上げた茶色の目は琥珀色の輝きを帯びていた。

「あなたは財産や地位よりもずっと価値のあるものをお持ちです」

「レディ・ウィンフレッド、それは何でしょう?」

ロバートは息をつめ、期待はしないよう自分に命じた。今彼女に拒絶されれば、耐えがたい痛みが待っていることだろう。

街路に罵声が響いた。どこかの淑女のパラソルに怯えた馬を、御者がなだめている。

アビゲイルはにっこりした。ロバートが愛してしまった、嵐のように奔放で自由な笑顔。『ザ・パール』ですわ、コーリー大佐」

「アビゲイル、私を受け入れてくれるか?」ロバートの喉から放たれた声は、険しく、荒々しかった。

「受け入れるわ、ロバート」

その瞬間、ロンドンの街路は消え去り、二人だけ——一人の男と一人の女だけが取り残された。

周囲の好奇と驚きの視線には目もくれず、ロバートは笑いながらアビゲイルを抱き上げ、自分の背より高い位置に振り上げた。「ミス・アビゲイル、あなたは勘違いをなさっている。レディ・ポーキンガムには、ほかにもお気に入りのおもちゃがあるのですよ。体から切り取らなくても、包装して贈ることができるものです。でも、それを使うのは結婚してからにしましょう。私が中に入れてあげますから、お楽しみに」

訳者あとがき

官能小説の世界に惹かれ、現実にはかなえられることのない欲望を恥じながら生きるオールドミスの淑女と、人を殺し続ける人生に苦悩する軍人が、嵐の晩に出会い、男と女の〝契約〟を結ぶ——そんな刺激的な場面から、この物語は幕を開けます。

物語の舞台はヴィクトリア朝のイギリスです。ヴィクトリア朝といえば、家庭重視の価値観と厳しい道徳観で知られる時代。女性は男性に尽くし道徳を体現する〝家庭の天使〟であり、性的欲望は持たないものというのが建前でした。女性の身体は罪深いものとされ、衣服は体をすっぽり覆い隠すデザインが普及し、脚は見せることはおろか口に出すのもはばかられるほど淫靡なものでした。物語中に出てくる〝ピアノの脚を布で隠す〟という習慣は、当時の性道徳の過剰さを表す例として知られています。このように、特に女性にとっては性的な抑圧の強い時代でしたが、一方では売春がはびこるなど社会的な矛盾を多くはらんだ時代でもありました。

ヒロインのアビゲイルは伯爵家の娘で、三〇歳を目前にした〝オールドミス〟です。生涯独身を貫くという生き方も選択肢として存在していたとはいえ、結婚して家庭を持つのが女性の本分とされた時代にあっては、異端視されても仕方がありません。そのうえ、女性にはタブーとされる性的欲望をもてあまし、ひそかに官能小説を読んで性愛の空想にふける淑女となると、ヴィクトリア朝の社会ではさぞかし生きにくい存在でしょう。自らの欲望に対するアビゲイルの嫌悪感や羞恥心は、現代の感覚からは想像も及ばないほど深いものであるはずです。

一方、ヒーローのロバートは貧困から抜け出すために軍隊に入ったものの、人を殺し続ける人生に罪悪感と嫌悪を抱いています。当時のイギリスは帝国主義の名の下、アジアやアフリカに侵略の手を伸ばし、植民地の拡大を続けていました。イギリスが植民地の恩恵を受ける陰には、搾取される現地住民はもちろんのこと、ロバートのように前線で活躍する兵士の苦悩もあったことでしょう。立場は違っても社会の辺境に生きる者同士、どこか通じ合うものを感じ取ったアビゲイルとロバートは、厳しい現実を忘れるべく濃密な官能の世界に没頭していくのです。

著者のロビン・ショーンは、ロマンス小説の中でも〝エロティックロマンス〟と呼ばれる作品群で知られる作家です。女性の性欲やセクシュアリティといったテーマに正面から取り組み、時にはロマンス小説では禁忌とされる事柄にも果敢に挑戦しています。デビュー作である〝Awaken, My Love〟(未邦訳)はヒロインの自慰の場面から始まるため、持ち込んだ二八のエージェントに突き返され、二九社目にしてようやく出版にこぎつけたという逸話もあるほどです。本書は〝Captivated〟というアンソロジーの中の一編、「A Lady's Pleasure」の邦訳となります。

物語中に『ザ・パール(The Pearl)』という官能雑誌が出てきますが、これは一八七九年から一八八〇年にかけてロンドンで実際に出版されていた月刊誌です。その掲載作品は現代になってからも何度か再出版され、日本でも『パール傑作選』（全三巻）として富士見ロマン文庫から邦訳が出ています。本書では拙訳を使いましたが、アビゲイルが読んでいた「ラ・ローズ・ダムール（La Rose D'Amour）」は第二巻、物語終盤に言及のある「レディ・ポーキンガム 誰もがそれを（Lady Pokingham, or They All Do it）」は第三巻に収録されています。残念ながら現在は絶版ですが、古本としては手に入りますので、興味を抱かれた方はどうぞお探しになってみてください。

二〇一〇年七月

ライムブックス Luxury Romance

嵐《あらし》の夜《よる》の夢《ゆめ》

著者　ロビン・ショーン

訳者　琴葉《ことは》かいら

2010年9月20日　初版第一刷発行

発行者　成瀬雅人

発行所　株式会社原書房
〒160-0022東京都新宿区新宿1-25-13
電話・代表03-3354-0685
http://www.harashobo.co.jp
振替・00150-6-151594

ブックデザイン　Malpu Design（原田恵都子）

印刷所　中央精版印刷株式会社

落丁・乱丁本はお取り替えいたします。

定価はカバーに表示してあります。

©Poly Co., Ltd. ISBN978-4-562-04393-4, printed in Japan